소리 내어 말하지 않아도

소리 내어 말하지 않아도

케이트 다비셔 지음

김경연 옮김

다봄.

사랑하는 케이티에게
그리고 몸을 움직이고 의사소통을 하는 데 문제가 있지만
명랑하고 용기와 결단력 있게 세상을 대하는 모든 아이들에게

너희는 날마다 내가 더 인간다워지도록 가르침을 주는구나.

1장

"있잖니, 아기가 생겼어."

엄마는 바로 그렇게 말했다. 마치 세상에서 가장 자연스럽고 평범한 일인 것처럼. 하지만 우리 집에서 평범한 일은 절대 없을 거다.

"기쁘지?"

이제 다 이해되었다. 파랗게 질린 얼굴, 중간중간에 화장실로 달려가던 것, 늘 피곤해 보이던 것까지.

"내 말 알아들었니, 해리엇? 우리 집에 아기가 태어날 거야."

엄마가 두 팔을 포개어 좌우로 흔들었다. '아기'를 뜻하는 몸짓언어, '손담'이었다.

나는 한숨을 쉬었다. 당연히 엄마가 무슨 말을 하는지 알았다. 그리고 나 역시 손담으로 대답했다.

"아기…"

이쯤에서 설명을 해야 할 것 같다. 나는 뇌성마비 장애인이다. 말하는 게 어려운 것도 장애 증상의 하나다.

아니, 말하는 건 어렵지 않다. 난 내가 무슨 말을 하고 싶은지 안다. 어려운 건 내 말을 사람들에게 이해시키는 거다. 대부분은 그 문제로 시달리지는 않는다. 손담으로 말하면 더 쉬우니까. 만약 내가 간단한 것을 말하고, 상대도 손담을 알고 있다면 그렇다.

"엄만 네가 기뻐할 줄 알았어."

엄마가 말했다. 엄마의 눈은 온통 촉촉하게 젖어 내 눈을 탐색했다. 내가 이해해 주기를, 엄마를 위해 기뻐해 주기를 애걸하는 듯했다.

엄마의 시선을 맞받을 수 없어서 나는 발을 내려다보았다. 내 발은 이른 아침이면 늘 그렇듯 자주색을 띠고 있었다. 내 다리는 늘 차다. 엄마가 밤에 아무리 많은 담요를 올려 주더라도 그렇다. 내가 왜 기뻐해야 하는데? 아기라니, 끔찍한 생각이었다. 최강 귀염둥이 구토 괴물, 사기 캐릭터. 녀석이 관심을 끌려고 경쟁할 때 누가 나를 돌보아 줄 건데? 녀석에게 1년의 시간을 주면 마치 자기가 주인인 양 쫑알쫑알 온 집 안을 기어다니며 나를 지금보다 훨씬 더 멍청해 보이게 만들 거다.

"아이참…, 너무 걱정하지 마."

엄마가 나를 웃게 할 수 있을 것처럼 내 얼굴을 쓰다듬으며 말했다. 내가 휠체어 신세를 진다고 해서 노망난 할머니 취급을 받아야 한다는 뜻은 아닐 텐데.

"아빠가 중요한 계약을 몇 가지 더 했으니, 대부분 시간을 집에서 우리랑 있게 될 거야. 엄마랑 아빠 둘 다 있으니 너와 아기를 보살피기가 쉽지 않겠니?"

엄마의 말은 나보다는 자신을 더 설득하려는 것처럼 들렸다. 엄마는 내 블라우스의 단추를 마저 채우기 시작했다.

"있잖아, 넌 어떤지 모르겠다만, 난 여자 아기였으면 좋겠어 …. 아기를 위해 예쁜 옷과 물건들을 고르는 거 도와줄 거지? 재미있을 거야."

나는 어깨를 으쓱하며 건성으로 고개를 끄덕였다. 이제야 내 의견을 묻다니 좀 늦은 거 아냐? 벌써 일은 끝난 것 같은데.

기정사실.

"거봐, 꽤 괜찮아 보이잖니."

엄마가 내 넥타이를 흔들어 제자리에 놓으며 말했다.

"이제 머리만 하면 돼. 아, 뭐야, 브러시를 부엌에 두고 왔잖아. 금방 갖다 올…."

나는 휠체어 팔걸이에 달린 둥글고 검은 손잡이를 밀어 책상 쪽으로 가서 그 위에 걸려 있는 거울을 비스듬히 쳐다보았다.

주위에 아기가 있는 게 어떤 건지 모르지만, 아빠랑 일 때문에 많이 떨어져 있지 않아도 되는 건 좋을 것 같았다. 나는 얼굴 근육을 움직여 거울 속의 내 모습에 최고의 미소를 지어 보였다. 아무리 열심히 노력해도 얼굴 오른쪽은 왼쪽이 따라잡을 수 있기 전에 먼저 일그러지며 찡그린 표정이 되었다. 한쪽으로 처진 것이 볼썽사나웠다. 종종 나는 내가 마녀처럼 보인다고 생각한다. 녹갈색 눈이 무거운 눈꺼풀 아래서 멍청하게 바라본다. 하지만 그 위 눈썹은 완벽하고 깔끔하다. 제대로 표정을 지을 수 있는 얼굴에 어울릴 만하다. 사실 내 눈썹은 훌륭하다. 엄마 쪽 눈썹이다. '정상' 눈썹인 거다. '마녀처럼 생겼지만 눈썹은 정상인 아이'라고 자기 소개서에 써넣을 수 있을 거다. 손으로 머리를 빗자 손가락에 엉킨 머리카락들이 걸린다. 엉킨 머리 때문에 나는 훨씬 더 마귀할멈처럼 사납게 보였다.

만약 내가 정말 마녀라면, 이 고약한 인생을 제비 뽑았을 때 나에게 건 나쁜 마법들을 되돌릴 수 있을 거다.

브러시가 꼬여 있는 머리를 당기는 바람에 깜짝 현실로 돌아왔다. 엄마는 내 머리카락을 박박 긁어 꽁꽁 땋았다. 하루 종일 머리통이 땋은 머리에 끌려다니는 느낌이 들 게 뻔했다. 또래 아이들은 아무도 머리를 땋고 다니지 않는다는 걸 엄마는 모르는 걸까?

"이제 됐다, 해리엇. 끝났어."

엄마가 마지막 고무줄을 재빨리 끼워 넣으며 말했다.

"있잖니, 오빠한테는 아직 아기 이야기를 안 했어. 너한테 가장 먼저 알리고 싶었거든. 여자끼리의 비밀이다, 알지?"

나는 거울 속 엄마의 얼굴에서 미소가 천천히 사라지는 것을 보았다.

"사실 지난번에 잘못된 다음에는 조금 걱정이 되었단다…."

솔직히, 엄마도 다른 사람들처럼 내가 말을 많이 안 하니까 이해하지 못한다고 생각하는 걸까? 엄마는 얼굴이 빨개지며 몹시 당황한 것처럼 보였다.

"미안…. 그런 식으로 들리게 할 뜻은 없었어. 아무튼 제이크에게는 아무 말 안 하기다, 알았지?"

나는 내가 지은 표정이 '말 안 할게요, 엄마'라는 뜻으로 보이기를 바라며 고개를 끄덕였다.

"좋아. 다 됐어. 미니버스가 오면 부를게."

엄마는 아무 힘도 들이지 않고 우아한 걸음으로 내 침실을 떠났다. 나는 월요일 수업에 필요한 책들을 가방에 챙기면서 엄마는 그냥 걸을 수 있다는 게 얼마나 운이 좋은 건지 생각해 본 적이 있을까 궁금했다.

거울이 다시 내 주의를 끌었고, 머릿속에 익숙한 노래가

맴돌았다. 처음 듣고부터 내 뇌리에 박힌 내 삶의 끊임없는
주제곡.

"난 내가 보는 것들로부터 숨을 수 없어.
거울은 결코 진정한 나를 보여 주지 않아.
내 안의 나는 웃고, 내 안의 나는 갈망해.
내 안의 나는 울고, 내 안의 나는 용감해.
난 네가 생각하는 그런 존재가 아니야.
내 안의 나는, 나야."

2장

나를 학교에 데려갔다가 집으로 데려다주는 운전기사의 이름은 샘이다. 키가 무척 크고 말랐다. 마치 얇고 딱딱한 육각 철망 같은 근육 위에 부드럽고 검은 피부를 펼쳐 씌워 놓은 것 같다. 지난 학기 미술 시간에 만들었던 동물 모형처럼 말이다. 그때 나는 고양이를 만들어 검은색으로 칠하고는 남몰래 샘이라고 불렀다.

샘은 내가 보통 아이인 듯이 말한다. 아니, 그것보다 더 낫다. 내가 어른인 듯이 말한다. 또한 규칙을 어기고 내가 쉽게 대답할 수 있는 질문을 한다. 언제나 사람들은 내게 말을 할 때 내가 목소리를 내어 대답할 수 있도록 '열린' 질문을 하라는 이야기를 듣는다. "오늘은 무슨 수업을 했니?"처럼 질문하라는 거다. 정말 싫다. 하지만 샘은 다르다.

미니버스 문이 내 등 뒤에서 쾅 하고 닫히자 샘이 느릿느릿 돌아와 운전석에 뛰어올랐다.

"브레이크 채웠니?"

샘이 고개를 길게 빼고 나를 보며 물었다.

나는 엄지를 치켜올렸다.

샘은 윙크를 하고 다시 앞으로 돌아앉았다.

"이번 주말에 말 타러 갔었니?"

나는 고개를 끄덕였다.

"재밌었어?"

나는 얼굴을 우그러뜨리며 주먹을 쥐고 흔드는 시늉을 했다.

샘이 뒷거울로 바라보았다.

"추웠구나?"

샘이 웃었다.

'네.'

"음…. 그럼 별로였네."

샘은 콧노래를 부르며 라디오에서 우리가 늘 듣는 재즈 채널을 찾았고 나는 엄마가 정말로 아기를 낳는다면 내 삶은 얼마나 달라질지 상상하느라 바빴다. 엄마와의 대화는 너무나 뜻밖이었고 현실 같지 않아서 내가 지어낸 이야기 같았다.

"있잖아, 해리. 너한테 할 이야기가 있어."

난 샘이 나를 해리라고 부르는 게 언제나 좋았다. 세상 어느 누구도 나를 해리라고 부르지 않는다.

"나 오늘 데이트한다!"

나는 히죽 웃었다. 내가 아는 한 샘은 여자 친구가 한 번도 없었다. 샘은 분명히 흥분해 있었다.

"문제는, 함께 영화 보러 갈지 말지 모르겠는 거야…. 꽤 폭력적인 영화거든. 괜찮을까, 해리?"

나는 고개를 저었다.

"그러게. 네 말이 맞아. 어쩌면 그냥 한잔하러 갈까 봐."

어디든 너무 거친 곳에 데려가면 안 되는데… 나는 샘이 보통 어떤 술집에 가는지 궁금했다. 거기 가면 샘의 친구들이 모두 빤히 쳐다보지 않을까? 차는 어느새 공원 옆 신호등에 멈추어 서 있었다. 거의 다 왔다.

"왜?"

샘이 뒷거울로 내 얼굴을 살폈다.

"조용한 곳에 가라는 뜻이야?"

샘은 뛰어났다. 나를 책처럼 읽을 수 있었다. 나는 온 얼굴 가득 못난이 미소를 지으며 고개를 끄덕였다. 나는 샘이 곁에 있는 게 참 좋다. 샘은 말하는 걸 아주 쉬운 일처럼 여겨지게 한다. 근사하다.

샘은 학교 밖에 차를 세우고 휠체어용 경사로를 내리기 위해 미니버스 뒤로 갔다. 나는 밀턴 종합 중등학교를 올려다보았다. 이 학교에 다닌 지 여섯 달이 넘어가지만 백 개의 거대한 창문들이 나를 내려다보고 있는 것을 보면 여전히 가슴이 울렁거린다.

"가자, 우리 잠꾸러기. 너, 나랑 센터에 함께 가서 어르신들 모시고 하루 여행 갔다 오고 싶지? 네 마음 안다만, 학교가 기다린다!"

나는 샘의 비쩍 마른 몸이 반으로 접히며 내 눈을 응시하는 걸 보려고 휠체어를 돌렸다. 샘의 여윈 얼굴에서 눈이 반짝였다. 180센티미터가 넘는 사람이 어떻게 한 번도 나를 내려다보지 않는 건지 참 희한했다.

휠체어를 경사로 위에 갖다 대고는 발이 먼저 내려가도록 가능한 한 천천히 굴렸다. 난 경사로가 너무 싫다. 밑에서 샘이 손을 내밀었다.

"하이파이브!"

나는 손을 내밀어 샘의 손을 탁 치며 웃지 않을 수 없었다.

"어서 가렴, 해리. 실력을 보여 주고 오는 거야."

3장

나는 물밀듯이 우르르 지나쳐 가는 아이들을 지켜보았다. 다들 코트를 끌어당겨 몸을 감싼 채 바람을 향해 고개를 숙이고 있었고, 월요일 아침의 침울한 표정을 짓고 있었다. "야, 괜찮아?"라고 묻는 소리에 툴툴거리며 "얼른 안으로 들어가자. 너무 추워."라는 대답이 들렸다. 내가 휠체어를 타고 있고 또 무릎에 가방을 올려놓고 있기 때문에 부분적으로 덜 추울 거라고 생각하는 사람도 있을 거다. 머릿속에서 '불행 중 다행'이라는 엄마의 목소리가 들렸다. 엄마, 그거 아세요? 바람이 불 때 무릎 속으로 파고드는 통증을 막으려면 다리 위에 솜이불을 여섯 장쯤 덮어야 한다는 걸?

느릿느릿 학교로 흘러 들어가는 이 익명의 허리와 가슴들의 바다에 합류하는 건 언제나 난감하다. 만약 내가 위를 쳐다보며 누군가와 시선이 마주치면 휠체어를 끼워 줄 거다. 그게 가장 좋은 방법이다. 하지만 그렇게 주의를 끄는 건 너무 싫다. 이유가 뭐든 사람들이 나를 보는 게 너무 싫다. 나는 차라리 빈틈이 나기를 기다려 눈에 띄지 않고 그들 사이에 끼어들려고 노력한다. 하지만 때를 놓치지 않고 끼어드는 건 언제나 불안하다. 10학년 남학생 하나 뒤로 틈이 생겼다. 조금 아는 애다. 오빠 제이크와 같은 10학년인 카메론이다. 카메론은 몇 년 전 한 번 밤샘 파티를 하러 온 적이 있다. 그 당시에도 좀 똥폼을 잡았다. 오늘은 잔뜩 기름을 발라 뾰족뾰족하고 두꺼운 못들을 꽂은 듯한 헤어스타일을 하고는 머리를 매만지며 성큼성큼 지나갔다. 나는 전동 휠체어의 손잡이를 밀며 홱 앞으로 나아갔다. 너무 빨랐다는 걸 채 깨닫기도 전에 카메론의 다리에 부딪쳤다. 카메론은 균형을 잃고 내 무릎 위로 넘어질 뻔했다! 카메론은 균형을 잡으려고 휠체어의 팔걸이를 붙들었다. 갑자기 카메론의 얼굴이 바로 내 얼굴 옆에 있었다. 치약 냄새가 났다.

"야, 이 멍청아! 좀 보고 다녀."

카메론이 나를 노려보며 으르렁댔다.

'미안!'

몹시 민망했다.

카메론이 얼마나 험악한 눈으로 바라보는지, 그냥 공중으로 증발해 버리고 싶었다. 카메론은 쌩하니 학교 안으로 들어 갔다.

정문 현관 안쪽에는 물이 보슬보슬 떨어지는 화강암 석재가 비스듬히 쌓여 있다. 그 옆에서 보통 때처럼 반 친구 하나가 나를 기다리고 있었다. 이번에는 샬럿이었다. 날씬하고 금발 에, 교복 입은 모습은 완벽 그 자체였다. 샬럿은 여기 있고 싶 지 않았을 테지만, 이번 달 '장애인' 당번이라 나를 수업에 데 려가야 했다. 친구도 많고 수다 떨기도 좋아하는 샬럿은 삼월 내내 학교에서 나를 안내해야 하는 것에 화가 났을 거다. 그건 자신의 친구들과 함께할 수 없다는 뜻이었으니까.

"안녕, 해리엇. 주말 잘 보냈어?"

샬럿이 달콤한 가짜 미소를 지으며 물었다.

나는 표정으로 답을 표현하려고 코를 우그러뜨리며 희미하 게 웃었다. 내가 샬럿 같으면 얼마나 좋을까. 똑똑하고 예쁘다 는 이유만으로 많은 친구들에게 둘러싸여 있을 수 있다면.

우리는 조잡한 인공 폭포가 있는 정문 현관을 떠나 어두운 복도로 들어갔다.

"아, 해리엇. 뭐하고 보냈니?"

나는 질문을 무시했다. '그' 질문은 '응' 또는 '아니'로 대답 할 수 없었다.

"말해 주라."

샬럿이 휠체어 앞에 와서 서는 바람에 갑자기 멈춰야 했다. 카메론 사건을 반복하고 싶지 않았다. 나는 어떻게 해야 할지 몰라서 샬럿을 멍청하게 바라보았고, 그 깨끗하고 창백한 얼굴이 보여 주는 완벽한 대칭을 알아차리자 기분이 어색했다.

"미안. 하지만 알고 싶어."

샬럿은 당황한 듯 보였다.

나는 보풀린 하얀 글씨로 'Princess'라고 쓰여 있는 바보 같은 내 자주색 가방을 내려다보았다. 엄마가 크리스마스에 선물한 가방이었다. 하지만 다른 아이들은 검정 아디다스 가방을 갖고 다녔다.

"해리엇?"

샬럿이 내 머리 위로 우뚝 서서 대답을 요구했다.

말도 타러 갔고, 아빠가 정말로 간신히 일요일에 시간을 낸 덕분에 열 핀 볼링도 쳤다. 누군가에게 조개가 품고 있는 모래알처럼 내 안에 갇혀 있는 새 비밀을 말할 수 있다면 얼마나 좋을까? 엄마에게 아기가 생겼다고 이야기할 수 있다면! 지난 학기에 메어리드가 자기 엄마가 임신했다고 말했을 때 여자애들이 모두 모여들어 정말로 흥분했다. 그런 일이 있고 난 지금은 다들 메어리드를 좋아한다. 샬럿에게 말한다면 어떨까? 샬럿은 아마 아기라는 손담조차 모를 거다. 나도 학교에서는 그냥 말을 하지 않았다. 이제 더는 말하지 않았다. 세인트 존 초등학교 때는 달랐다. 거기서는 나는 모두를 알았다. 토마스 선생님과 함께 준비 학년(1학년이 되기 전 만 4-5세에 다님: 옮긴이)에 다니면서 다른 친구들도 내게 익숙해졌다.

"어서, 해리엇. 앨리스가 그러는데 너 말할 수 있다며."

그래, 앨리스는 그렇게 말했을 거다. 그리고 앨리스가 또 무슨 말을 했을지 상상이 되었다. 앨리스는 나랑 같이 세인트 존 초등학교에 다니던 아이인데, 정말로 나를 참을 수 없어 했다. 어떻게 같은 초등학교에서 밀턴 종합 중등학교 우리 반에 오게 된 유일한 여자애가 하필이면 앨리스가 되었을까? 역겨운 농담 같았다.

"제발, 해리엇. 주말에 뭐했는지 말해 줄 수 없어?"

샬럿의 눈은 작은 회색 새끼 고양이처럼 아주 커다랗고 파란색이었다. 샬럿은 휠체어 옆에 웅크리고 앉아 내 얼굴을 진지하게 들여다보면서 나를 더욱 불편하게 만들었다.

속임수일까? 내가 무슨 말을 하면 샬럿은 나중에 모두에게 말을 전하며 내 등 뒤에서 조롱하고 웃을까? 알 수 없었다. 순간적인 충동으로 나는 어떻게 할지 결심했다.

"아니, 제발."

조그맣게 속삭이고 싶었지만, 내 목소리는 벽을 긁는 사포 소리처럼 나왔다. 그 어느 때보다 한층 더 듣기 싫었다.

샬럿의 입이 떡 벌어지며 두 눈이 반짝였다(심술로 반짝이는 걸까?). 샬럿이 일어섰다.

"알았어, 해리엇. 혹시 나중에 말해 줄래?"

샬럿을 따라 복도를 지나가는데, 쇠주먹이 나의 내장을 움켜쥐고 있는 것 같았다. 바로 그거였어. 샬럿은 나를 위해 교실 문을 열고 내가 들어가도록 붙잡고 있을 거다. 해야 할 일이니까. 그런 다음 안으로 뛰어 들어가 나에게 말을 시켰다고 모두에게 자랑할 거다. 그러면 다들 휠체어 주위에 모여들어 내게 더 말을 시키려고 할 거다. 하지만 나는 말하지 않을 거다. 결코 다시는.

"해리엇?"

나는 샬럿을 지나 교실로 들어가며 마지못해 위를 올려다보았다.

"너무 걱정스러운 표정 짓지 마."

'꺼져.'

나는 내 책상이 샬럿과 그 패거리로부터 더 멀리 떨어져 있기를 바랐다. 귀가 뜨겁고 가슴이 두근거렸다. 모두 나를 바라보고 있었다. 나는 가방 위의 부드러운 솜털 글자를 쓰다듬으며 솜털이 내 손가락을 간질이게 했다. 만약 내가 진짜 공주라면, 정말… 고상할 거다. 등도 곧고 키도 크고 예쁠 거다. 작고 뾰족한(끝이 금빛인) 뒷굽이 달린 구두를 신고, 길고 윤기 나는 검은 머리가 풍성하게 어깨 아래로 흘러내릴 거다. 공주는 언제나 완벽하다는 걸 아니까, 모두 내 친구가 될 거다.

"해리엇 해리스?"

"해리엇 여기 있어요, 선생님."

"아, 해리엇. 체육 시간에 물리치료사가 온다는 거 잊지 마. 알았지? 오늘 아침 체육 시간이다."

젠킨스 선생님의 목소리는 꿀을 넣은 듯 달콤했다. 선생님은 내가 이해하리라고는 기대하지 않는 듯이 천천히 그리고 큰 소리로 말했다.

젠킨스 선생님은 우리 반 담임으로, 뚱뚱한 몸에 갈색 주름 스커트를 입고 있었다. 머리를 뒤로 넘겨 단단하게 틀어 만 만두머리를 하고 있어 커다랗고 남성적인 귀가 드러나 있었고, 화가 날 때는 강철빛 회색 눈이 튀어나왔다. 젠킨스 선생님은 말을 알아듣지 못하는 바보에게 말하는 것처럼 강조해서 말했다. 뿐만 아니라 선생님은 나를 좋아하지 않으며 내가 일반 학교에 다닐 권리가 없다고 생각하고 있는 게 확실했다.

주위를 둘러보며 나는 샬럿이 나에 대해 친구들에게 말했다고 해도 뉴스는 아직 퍼지지 않았다는 결론을 내렸다. 모든 것이 보통 때와 같았다. 그렉은 자를 갖고 놀았는데, 책상 옆쪽에 놓고 튕겨서 자가 윙윙거렸다.

"그만해라, 그레고리."

젠킨스 선생님이 나무랐다.

교실 어디선가 킥킥 웃는 소리가 들렸다. 그렉은 그레고리라고 불리는 것을 몹시 싫어했다. 그렉은 화가 나서 얼굴을 붉히며 자를 가방에 집어넣었다. 나는 슬쩍 샬럿의 책상 쪽을 바라보았다. 앨리스와 테아와 코디가 소곤거리며 킥킥 웃고 있었다. 하지만 샬럿은 똑바로 나를 바라보고 있었다.

1교시 시작을 알리는 종이 울렸다. 프랑스어 시간이었다. 프랑스어 교실은 위층에 있었다. 그건 다시 복도를 되돌아가 엘리베이터까지 가야 한다는 걸 의미했다. 샬럿과 함께. 아주 좋아.

"준비됐니?"

나는 샬럿을 보지 않고 고개를 끄덕였다. 샬럿은 테아와 함께 문간에 서 있었고, 테아는 샬럿을 쿡 찌르며 귀에다 뭔가 속삭였다. 둘은 웃었고, 테아는 검은 단발머리를 홱 젖히고 앨리스와 코디를 따라잡기 위해 춤추듯 계단을 올라갔다.

엘리베이터에서 샬럿은 2층 버튼을 눌렀다.

"미안, 해리엇. 널 화나게 할 생각은 없었어."

샬럿의 표정은 순진 그 자체였다. 그냥 친절하게 굴고 있는지도 몰랐다. 하지만, 왜 다른 애들은 모두 나를 보고 웃었을까? 나는 어깨를 으쓱하며 힘없는 미소를 지었다.

'괜찮아. 다만, 내가 너에게 다시 말하는 걸 기대하지는 마.'

4장

프랑스어 교실 창 옆 내 자리에서 르파주 선생님이 본관과 과학관 사이 통로를 서둘러 걸어오는 게 보였다. 늘 그렇듯 지각이었다. 황야 지대에서 북쪽으로 부는 돌풍이 선생님 팔에서 종이 뭉치를 빼앗았다. 종이들이 심술궂은 큰 눈송이처럼 길을 따라 빙글빙글 돌며 팔락팔락 날았다. 르파주 선생님은 휘청하더니 바람에 대벌레 같은 몸이 두 동강 날 것처럼 허우적대다가 꽉 끼는 검은색 스커트의 방해를 받으며 종이를 뒤쫓아 갔다.

나의 학습 보조 교사인 올컷 선생님은 수업을 도와줄 준비를 하고 변함없이 내 오른쪽에 앉아 있었다. 매니큐어가 칠해진 깨끗한 손가락이 참을성 있게 책상 위에 놓여 있었다. 나는 선생님의 손가락을 건드리며 창밖을 가리켰다.

"가서 도와드려야겠구나. 금방 돌아올게."

올컷 선생님이 말했다. 세인트 존 초등학교에서 보조 교사 이름은 킴이었다. 둥글둥글하고 수다스럽고 언제나 수업 담당 교사보다 한발 늦게 왔고, 수업 중간에 교무실에 두고 온 연습 문제지를 가지러 급히 달려갔다. 올컷 선생님은 매우 조직적이고 효율적이다. 나라는 존재는 선생님이 직업상 해야 할 일의 일부일 뿐이다.

반 아이들이 몸을 들썩였다. 자를 갖고 하는 새로운 게임을 발견한 그렉은 지우개 조각을 뜯어 쥘리에트의 책상 위로 날려 보냈다. 쥘리에트는 올컷 선생님에게서 영어 수업의 도움을 받으려고 우리 책상에 앉아 있었다. 멍청해서는 전혀 아니었다. 쥘리에트는 프랑스인이었다.

"멍청이."

쥘리에트는 독기를 담아 프랑스어로 쏘아붙이고 가방을 집어 교실 반대편에 있는 빈자리로 옮겨 갔다. 어쨌거나 프랑스어는 그 애에게 식은 죽 먹기였으니까 올컷 선생님의 도움이 필요하지 않았다. 그렉과 그 짝패인 트레스콧이 웃었다.

"자, 간다, 곰탱이들."

그렉이 조롱하며 여전히 게임을 즐겼다. 자를 기울여 새로 지우개 조각을 올렸고, 지우개 조각은 팀의 머리를 아슬아슬하게 빗나갔다.

"아, 뭐야! 어떻게 저렇게 큰 표적을 못 맞출 수 있냐? 한 번 더 해 봐."

트레스콧이 웃었다.

팀은 덩치가 컸다. 전혀 과장이 아니다. 그리고 방귀를 잘 뀌었다. 팀의 가장 큰 문제는 도시락 가방에 마스 초콜릿 바와 콜라를 잔뜩 쑤셔 넣어도 가만두는 부모 같았다. 그래서 팀은 열한 살인 지금 새끼 하마만 한 크기로 부풀어 버렸다.

"나 좀 내버려 둬."

팀이 숱 많은 금발 속에서 조그만 미사일을 건져 내며 우는 소리를 했다.

교실 건너편에서는 샬럿과 그 패거리들이 윌과 마이클의 책상 위로 몸을 걸친 채 머리를 갖고 장난을 치며 바보처럼 헤헤거리고 있었다.

"그 병신 잡아."

트레스콧이 말했다.

또 시작이네! 나는 최선을 다해 그들을 무시했다.

마침내 르파주 선생님이 왔다. 뺨이 분홍색으로 얼룩덜룩했다. 선생님이 프랑스어로 외쳤다. 분명히 "입 다물고 자리에 앉아!"라는 뜻이었다. 올컷 선생님이 따라 들어와 문을 닫고는 말 잘 듣는 부메랑처럼 내 옆자리로 돌아왔다. 아이들은 고분

고분 펜을 꺼냈고, 무표정한 얼굴이지만 수업에 집중하려고 노력했다. 또는 그런 척했다.

나는 대벌레 여사가 무슨 이야기를 늘어놓고 있는지 몰랐지만, 주위의 표정들로 봐서 적어도 프랑스어 시간에는 나 혼자만 선생님이 하는 말을 잘 알아듣지 못하는 건 아닌 것 같았다. 올컷 선생님이 특별히 준비한 연습 문제지로 나를 구해 주었다. 그건 내가 그렇게 많이 베낄 필요가 없다는 뜻이었다. 우리가 해야 할 일은 프랑스어 음식물 단어와 영어 단어를 짝 맞추는 것밖에 없는 듯했다. 모두들 고개를 숙이고 조용히 문제를 풀었다.

"양배추는 '슈(Chou)'야!"

그렉이 악의 어린 눈으로 나를 바라보며 말했다. 양배추에는 얼간이라는 뜻도 있으니까.

"조용히 문제를 풀라고 했을 텐데."

올컷 선생님이 톡 쏘았다.

프랑스어 시간이 끝나고 샬럿이 나를 엘리베이터로 교실까지 다시 데려다주었다.

"괜찮아?"

샬럿이 물었다.

'응.'

나는 고개를 끄덕였다. 대충 그래. 어쩌면 샬럿은 괜찮은 아이일지도 모르겠다. 6개월 넘게 밀턴 종합 중등학교에 다니는 동안 매월 다른 아이가 나를 수업에 데려갔다. 지금까지는 다들 내게 말을 걸기에는 너무 도도하거나 어색한 듯 보였고, 그래서 샬럿도 같을 거라고 생각했다. 샬럿은 어쨌든 우리 반에서 가장 자신감 있고 인기 있는 학생 가운데 하나였으니까. 그런 아이가 나 같은 아이와 어울리고 싶어 할지….

쉬는 시간이 되자 화장실로 피했다. 다행히 교실 근처에 널따란 장애인 화장실이 있었다. 문 옆에 커다란 버튼이 있어서 누르면 자동으로 열렸다. 덕분에 올컷 선생님이 데려다주는 당혹감을 덜어 주었고, 나 혼자만의 피난처를 갖게 되었다.

쉬는 시간 후, 다른 아이들이 체육 수업을 받는 동안 올컷 선생님은 피트니스 실 옆 빈방으로 나를 데려다주었다.

"고마워요, 선생님."

올컷 선생님이 무거운 문을 열자 물리치료사인 몰리가 말했다.

"이따 봬요."

올컷 선생님이 인사하고 방을 나갔다.

"자 그럼, 어떻게 지냈니?"

나는 미소 지었다.

몰리는 기다렸다. 창백한 두 눈이 대답을 요구하고 있었다.

"잘 지내요."

마침내 나는 말했다.

"엄마는 안 오시니?"

나는 어깨를 으쓱했다.

몰리가 다시 기다렸다.

"몰라요."

잘 쓰지 않는 내 목소리가 꺽꺽댔다. 이런 식으로 물어보지 않으면 얼마나 좋을까.

"좋아. 잊으셨나 보구나. 오늘은 뭘 할 수 있는지 보자. 일어서 볼까?"

질문 같았지만 실제로는 명령이었다.

나는 휠체어에 브레이크를 걸었고 몰리는 발판을 위로 올리려고 몸을 웅크렸다.

"자, 일어서기 전에 발이 똑바른지 확인하고."

몰리는 두 손에 힘을 주어 미끄러지지 않도록 내 발을 바닥에 고정시키고, 바닥에서 들리는 버릇이 있는 내 발뒤꿈치를 내리눌렀다.

"좋아."

몰리가 일어서며 말했다.

"이제 내 손을 잡고… 허리 펴고."

이제 나는 키가 거의 몰리만큼 커졌다. 몰리의 뺨에 회색 머리 한 가닥이 떨어지는 것이 보였다.

"엉덩이를 안으로."

나는 최선을 다했다. 엄마가 오지 않아 유감이었다. 엄마와 몰리는 언제나 수다를 떨었고 몰리는 다소 더 너그럽게 봐줬다.

"좋아. 앉아라. 발을 한번 봐야겠다. 아니! 털썩 주저앉지는 말고. 그렇게 하면 다치지. 일어나서 다시 한번 해 보자."

나는 힘겹게 몸을 일으켜 더 살살 앉으려고 노력했다. 오늘은 어떤 것에도 집중하기 어려웠다. 나는 줄곧 아기에 대해 생각했다. 모든 것이 괜찮을까? 아니면 엄마 뱃속에서는 순진무구하게 웅크리고 있던 아기가 실제로는 나처럼 구부러지고 불구로 자랄까? 그러면 어떻게 될까? 아빠가 아무리 곁에 있어도 한 집에 두 '양배추'가 있는 건 무리일 거다.

"애! 뭐하니? 다시 일어나 보라고 말했는데."

몰리는 어느새 보기 흉한 환자용 벨크로 부츠를 벗겨 놓고 내 발을 쓰다듬으며 잡아당기고 있었다. 그러고는 내 발을 내려놓고 일어서서 내가 다시 휠체어에서 일어나는 것을 지켜보았다. 나는 발가락을 딱딱한 나일론 카펫 속으로 밀어 넣으며 두 손은 휠체어 팔걸이 위에 얹고 꾹 눌렀다. 발뒤꿈치가 바닥에 닿지 않은 건 확실했다.

"아냐. 다시 앉아서 어떻게 연습을 하고 있는지 보여 줘."

나는 균형을 잃고 휠체어에 도로 쿵 주저앉았다. 신음소리
가 나왔다.

"자, 어서. 발을 구십 도까지 올릴 수 있는지 보여 줘. 오른발
부터 먼저."

집중을 하니 무릎이 안쪽으로 홱 쏠렸다. 발가락은 서로 협
력하는 게 느껴졌지만, 발목은 여전히 멍청하게 비틀린 채 고
집스럽게 바닥을 가리키고 있었다.

"오 맙소사. 왼발이 조금도 나아지지 않았잖아? 엄마가 스트
레칭해 주지 않았니?"

엄마는 그러지 않았다. 꽤 오랫동안 그랬다. 몇 주 전부터 몸
이 편치 않고 불안한 듯 보였고, 등이 아프다며 바닥에 앉고
싶어 하지 않았다. 특히 아침에는.

몰리가 쯧쯧 혀를 찼다.

"다시 깁스를 생각해 봐야 할 것 같구나."

깁스는 악몽이었다. 6주 동안 매주 병원에 가서 다리를 통깁
스 속에 넣어야 할 거다. 강제로 발과 다리를 '정상적인' 올바
른 각도로 만드는 거다. 그걸 왜 하는지 모르겠다. 그렇게 한다
고 해서 내가 걸을 수 있을 것 같지는 않으니까. 깁스를 하면

붉은 개미가 오르락내리락하는 것처럼 내내 가려웠고, 또 가려워도 긁을 수 없었다. 발목은 끊임없는 압박으로 아팠고 사람들은 나를 안쓰러운 눈으로 바라보며 "어쩌다 그렇게 되었니?"라거나 "아! 양쪽 다리가 다 부러졌구나?"라고 말했다. 그건 마치 "넌 어떻게 그리도 부주의하니?"라는 말로 들렸다. 단한 가지 좋은 건 깁스를 갈기 위해 한 주에 하루는 아침에 학교를 안 가도 되는 것이었다.

"좋아, 해리엇."

올컷 선생님이 나를 데리러 오자 몰리가 말했다.

"엄마하고 연락해 볼게. 그럼 삼 주 뒤에 만나자… 해리엇?"

몰리가 대답을 요구했다.

"좋아요."

내가 대답했다. 몰리가 이런 기분일 때는 말로 대답해야 한다.

"올컷 선생님, 해리엇이 선생님에게는 말을 좀 하나요?"

"글쎄요…. 딱히 그렇진 않아요."

올컷 선생님이 대답했다. 그런지 아닌지 생각해 봐야 하는 것이 분명했다. 올컷 선생님은 손담과 몸짓에 너무 익숙해서 내가 거의 목소리를 사용하지 않는다는 걸 알아차리지 못했기 때문이다.

"정말이지, 중요한 일이에요. 선생님이 계속 말을 시키셔야 해리엇이 말을 할 수 있어요. 안 그래, 해리엇?"

"네."

나는 마지못해 말했다.

'훌륭해. 바로 내가 필요한 거네. 이제 올컷 선생님에게도 들
볶이겠어. 고마워요, 몰리.'

5장

샘은 하교 때는 미니버스가 아니라 승용차를 몰고 왔다. 그건 앞에 앉을 수 있다는 뜻이어서 좋았지만 휠체어를 트렁크에 넣느라 고생해야 하는 샘에게는 고통이었다. 샘은 오늘 밤 에벳과의 데이트 때문에 초조한 듯 보였다. 마음의 준비를 하려는지 계속 쓸데없는 이야기를 해댔지만 나는 반만 듣고 있었다.

차는 애프리콧 애비뉴로 들어섰다. 지붕창 단층집들이 들어선 작은 거리로, 우리는 여기서 3년 전부터 살았다. 젊은 가족은 드물고 대부분 은퇴한 부부가 살았다. 그들은 크고 작은 전지가위로 무장하고 정원에서 서성거리거나, 작은 강아지를 팔로 꼭 안고 데리고 나오거나, 백발의 무리를 이루어 이웃의 이런저런 소문을 나누었다.

곡선 도로를 따라 왼쪽으로 돌자 32라는 숫자가 눈에 들어왔다. 그 즉시 나는 뭔가 잘못되었다는 걸 알았다. 첫째, 엄마의 차가 늘 있던 자리에 있지 않았다. 들쭉날쭉 뒤범벅되어 자라는 십자화들과 마구 웃자란 잔디 바로 옆이 엄마가 주차하는 곳이었다. 내가 학교에서 돌아오는 시간에 엄마는 언제나 집에 있었다. 어쩌면 차는 차고에 있는지도 몰랐다.

둘째, 그리고 훨씬 더 불길한 것은, 엄마의 미쓰비시 대신에 허세 작렬하는 자주색 혼다 골드윙이 있는 것이었다. 그것은 아빠의 의붓아버지 앨런의 오토바이였다. 나는 글로리아가 자신의 손주들보다 남편의 흉측한 오토바이를 더 생각하는 것 같아 언제나 화가 났다. (제이크와 나는 글로리아를 우리 관계를 명시하는 할머니라는 호칭으로 불러서는 안 되었다. 심지어 아빠조차 항상 이름으로 불렀다.) 내가 학교에서 집에 왔을 때 글로리아가 애프리콧 애비뉴 32호 문 앞에 서 있는 것을 본 적은 한 번도 없었다. 그런데 꽉 끼는 가죽 바지에 튀는 플라밍고 색깔 블라우스를 입고 거기 있는 거다. 그것도 초록색 공룡들로 뒤덮인 엄마의 완전 새 앞치마를 걸치고.

우리는 아빠의 부모님을 본 적이 거의 없다. 글로리아의 집은 티끌 하나 없는 데다가 휠체어 진입로가 없었다. 글로리아는 그런 것에 꽤 단호했다. 하지만 그건 우리가 방문하지 못하게 하는 핑계에 불과했다. 엄마는 눈치채지 못한 것 같았지만,

글로리아는 내가 가까이 있을 때마다 고양이 오줌 냄새가 나는 것처럼 킁킁거리는 듯 보였다.

그렇다면 도대체 왜 글로리아는 마치 가족을 위해 차를 끓이는 모습을 하고 문간에 서 있는 걸까?

글로리아의 입은 늘 붙박여 있는 듯한 엷은 미소를 띠고 있었다. 두 눈은 튀어나오고 이마에는 주름살이 패어 있었다. 강렬한 분홍빛 립스틱을 바른 토끼가 차 헤드라이트에 잡혀 겁먹은 모습 같았다.

"헐! 누구시냐? 너희 할머니?"

샘이 충격을 받은 목소리로 물었다.

나는 코를 찡그리며 고개를 끄덕였다. 샘은 미리 전갈을 받았던 것 같았다.

"에그, 안됐구나."

샘의 말에 나는 조금 미소가 지어졌다.

"할머니가 오실 거라고 예상 못 했지? 무슨 일인지 알고 싶겠다. 얼른 휠체어 꺼낼게."

샘이 나를 휠체어에 앉히자 글로리아가 천천히 다가왔다. 솔직히 겁먹은 표정이었다.

옆집 30호의 커튼이 흔들렸다. 터너 부인이 내다보고 있었나 보다. 터너 부인은 참견쟁이 할멈이었다. 늙은 흑멧돼지처럼 뚱뚱하고 머리는 짧고 뻣뻣한 잿빛인 데다 숱도 고르지 않았다. 거의 아침마다 '좋은 차 한 잔과 잡담'을 위해 건너와서는 엄마에게 자기 때는 아이들을 어떻게 키웠는지 알려 주었고(자기 아이가 있는 것도 아니면서), 너무 예의 바른 엄마는 가라 마라 이야기하지 않았다.

나는 몸을 비틀어 샘에게 마지못해 작별 인사로 손을 흔들었고 글로리아가 휠체어를 조종하는 걸 지켜보았다. 글로리아는 극도로 확신이 없어 보였다. 생각해 보니 글로리아가 어떤 식으로든 휠체어를 잡아 준 기억이 없었다. 우리는 둘 다 긴장했다.

"간다!"

샘이 외치며, 서로 낯익은 남남 같은 우리 둘을 남겨 두고 다시 차로 뛰어갔다.

6장

집 안으로 들어가니 전화벨이 울리고 있었다. 글로리아는 현관문을 닫을 수 있게 휠체어를 현관 화장실 문 쪽으로 밀어놓고 전화를 받기 위해 부엌으로 뛰어갔다.

"오, 신시아님. 네. 응답 전화 주셔서 감사해요."

'누가 들으면 여왕님하고 통화하는 줄 알겠네.'

"그러게요, 그렇게 급하게 올 수 있는 사람은 나밖에 없었어요…. 네, 미안해요. 오늘 저녁 헬스는 취소해야겠어요…."

'맙소사, 글로리아는 예순다섯 살 아냐? 그 나이에 대체 헬스장에 가서 무엇을 하는 걸까?'

과산화수소수로 머리를 금빛으로 만든 할머니가 바벨이나 아령 같은 것으로 근육 운동을 하는 걸 생각하자 킥킥 웃음이 나는 걸 참아야 했다. 나는 내 방으로 가서 텔레비전을 보기로 했다. 보통 학교가 끝나고 제이크가 돌아오기를 기다리는 동안 엄마와 함께 먹던 코코아와 초콜릿 비스킷을 기대하는 건 무리일 것 같아서였다. 그런데! 샘은 휠체어를 자동으로 바꾸어 놓는 것을 잊어버렸고, 나는 버튼에 손이 닿지 않았다. 버튼은 휠체어 뒤에 있기 때문이다. 멍청한 설계. 나는 현관 복도에서 오도 가도 못 했고, 발은 화장실 문에 딱 붙어 있었다. 엄마가 있다면 휠체어를 어떻게 해 달라고 불렀겠지만 나를 모르는 사람 또는 내 목소리의 이상하고 섬뜩한 저음을 모르는 사람에게는 그냥 말을 하고 싶지 않았다. 내 말을 이해하지 못하면 사람들은 혼란스러워하고 좌절하고 만다. 그건 너무 민망하다. 나는 차라리 글로리아의 통화 소리에 귀를 기울이기로 했다.

"내일 머리 약속을 다시 잡아야 할 것 같아요. 수요일 전에 리즈가 병원에서 퇴원할 것 같지는 않거든요…. 네. 별로 좋아 보이지 않아요…. 여기서 하룻밤 묵어야 할 것 같아요. 하지만 리즈 상태가 어떻든 앤서니는 집에 와서 아이들을 돌봐야 할 거예요."

엄마가 아프다! 오늘 밤 집에 오지 않을 거다…. 하지만 난 엄마가 필요하다! 분명히 아기 때문일 거다. 왜 나는 엄마가 알려 줬을 때 기쁜 척이라도 하지 않았을까? 엄마도 걱정이 엄청 많았을 텐데.

"… 믿으시겠어요? 손톱을 부러뜨렸답니다. 수요일 파티라면! 오! 그때까진 리즈가 나올 거라고 확신해요. 그러길 바라요…. 아뇨, 전 그 일에는 정말 적합하지 않아요…. 네, 바이크 대회, 앨런과 난 긴 주말 연휴에 거기 나가려고 오랫동안 계획했었지요. 바로 그거예요…. 왜 나한테 맡긴 건지 이유를 모르겠어요. 맞아요. 난 전혀 도움이 안 돼요…. 다룰 재주가 없어요…. 아이를….'

그 순간 조용했던 화장실 문 뒤에서 변기 물 내리는 소리가 나고, 누군가 세면대에서 손을 씻으며 잘못해서 툭 건드렸는지 플라스틱 머그잔이 바닥으로 떨어지는 소리가 났다.

문손잡이가 돌아가며 빠른 속도로 화장실 문이 열리면서 내 휠체어 발판과 움츠린 발가락에 부딪쳤다. 누군가의 몸이 문을 쿵 치는 소리가 온 집 안에 메아리쳤고, 진동이 휠체어를 뚫고 전해졌다. 나는 놀라서 비명을 질렀는데 그 소리는 내가 듣기에도 섬뜩했다. 입안 가득 욕설을 담은 앨런의 목소리가 문을 뚫고 천둥처럼 울렸다.

"이게 대체 무슨 일이야, 글로리아? 내 꽃다운 머리를 찧었잖아. 얼른 좀 와 봐!"

글로리아는 통화를 포기했다. 전화선 끝에서 튕겨 나온 수화기가 냉장고에 맞고 튀었다. 글로리아는 팔을 휘저으며 현관 복도로 달려와 마치 내가 모든 혼란에 책임이 있다는 듯이 나를 노려보았다.

"앨런, 여보…. 미안해. 전화가 오는 바람에 휠체어를 그 앞에 놓고 왔네. 당신이 거기 있는지 잊었어요. 우리 여보, 괜찮아?"

글로리아는 나를 문에서 내팽개치며 남편을 구하러 달려갔다.

"아이, 이를 어째. 아이스팩해 줄게. 오, 우리 여보!"

"맙소사, 글로리아. 아이를 문 앞에 두고 가면 어떡해."

앨런은 부엌으로 끌고 가려는 아내의 손을 재빨리 피하고는 나를 현관문 앞에서 데려가려고 했다.

"너 괜찮니?"

앨런이 물었다.

나는 한쪽으로 치우친 미소를 지었다. 이런 장면이 벌어진 원인이 된 게 너무 당혹스러웠다. 앨런이 나를 거실로 밀어 넣었다.

"좋아, 그럼 나랑 텔레비전 볼까?"

앨런이 내 머리를 헝클었다. 앨런의 따끔거리고 주름진 얼굴이 일그러지며 친절한 윙크로 변했다.

글로리아는 황급히 자리를 떴고 분홍색 뾰족구두가 또각거리며 부엌 바닥을 왔다 갔다 했다. 글로리아가 서둘러 신시아님과의 통화를 끝내고 초조하게 냉장고를 살펴보는 소리가 들렸다.

구두 소리가 또각또각 다가오더니 글로리아가 거실로 들어오며 외쳤다.

"아이스팩이 없네, 말이 돼? 아이들도 있는 집에! 아무튼 여기 '냉동 다진 야채'가 있으니 이거라도 대요."

글로리아가 한심하다는 듯 말했다.

"난 괜찮아, 글로리아. 수선 피우지 마."

"입 다물고 이거나 머리에 대요. 안 그러면 끔찍한 멍이 생길 거야."

"알겠습니다, 부인."

급히 부엌으로 떠나는 글로리아의 등에 대고 앨런이 입 모양으로 말했다.

"난 이 파이나 오븐에 넣어야겠어."

앨런은 글로리아를 방에서 내쫓는 몸짓을 했고, 자신의 우스갯짓에 눈썹을 치켜올리고 히죽 웃었다. 어깨까지 굽슬굽슬 내려오는 회색 머리칼을 담배 얼룩이 진 손가락으로 빗고, 늘 목에 두르고 있는 스카프를 바로잡더니 리모컨을 집어 BBC2를 틀었다. 다트 게임 방송이었다. 앨런은 만족스러워 보였다.

좋다. 도망갈 수 있는 방법은 없었다. 휠체어는 여전히 수동으로 잠겨 있었고, 앨런이 친절하려고 저토록 애를 쓰는데 지금 떠나는 건 어쨌든 무례한 짓이 될 거다.

나는 마음이 떠다니기 시작했다. 팅커벨이 된 나는 열린 창문으로 씽하고 빠져나가 다시 시내로 갔고, 병원으로 향했다. 세인트 메리 병원의 회전문은 너무 무서워 날아 들어가기가 꺼려졌다.

나는 건물 주변을 날아다니며 창문을 하나씩 들여다보았고 마침내 침대에 누워 있는 엄마를 보았다. 엄마의 두 눈은 감겨 있었다. 자고 있거나 의식이 없는 걸 거다. 침대 시트는 피에 젖어 있고 링거액이 방울방울 팔 속으로 들어갔다. 엄마는 삐, 삐, 심장 소리를 측정하는 모니터에 연결되어 있었고, 호흡기로 숨을 쉬었다. 아빠는 엄마의 손을 잡고 침대 옆에 앉아 있었고, 제이크는 창가에 앉아 울고 있었다. 제이크가 창밖을 내다보며 자리에서 일어섰다. 나를 보았는지 아닌지는 확실하지 않았다. 제이크는 커튼을 쳐서 내 시야를 막았다.

나는 깜짝 놀라 정신을 차리고 생각했다.

'아냐, 그 정도로 나쁘지는 않을 거야.'

7장

얼마 후, 현관문을 여는 열쇠 소리가 들렸다.

"무슨 일이야? 엄마는 어디 있어?"

제이크가 외쳤다.

글로리아의 구두 소리가 현관 쪽으로 향했다.

"왔구나. 코트 받아 줄게. 난방을 해서 집이 따뜻하다. 부엌으로 오렴. 코코아 먹을래?"

"네, 좋아요, 글로리아. 엄마는 어디 있어요?"

"엄마는 몸이 좀 좋지 않단다."

"엄만 어디 있는데요? 곧 집에 오나요?"

"쿠키 먹을래?"

"네, 주세요. 해리엇 왔어요?"

"거실에 있단다."

제이크가 문으로 머리를 들이밀었다.

"안녕하세요, 앨런."

"왔구나, 친구. 그래, 어떻게 지내냐?"

하지만 앨런은 대답을 기다리지 않았다.

휠체어는 새로 산 흰색 소파 옆에 주차되어 있었고, 제이크는 내 옆, 소파 팔걸이에 걸터앉았다.

"무슨 일이야? 글로리아는 말 안 해 주더라."

제이크가 속삭였다.

우리는 앨런을 힐끗 쳐다보았다. 앨런은 아빠 의자에 앉아서 교회 앞 괴물 석상 분수의 물안개 같은 담배 연기구름에 휩싸여 있었다. 하지만 앨런의 시선은 조니 프리먼의 팔이 과녁을 겨누며 천천히 왔다 갔다 움직이는 화면에 붙박여 있는 듯했다.

"병원!"

나는 멍청하고 예측할 수 없는 목소리가 가능한 한 조용히 나오도록 애썼다.

"누가? 엄마가? 뭐가 잘못됐어?"

제이크는 나만큼 걱정스러워 보였다.

'몰라.'

엄마가 임신했다고 제이크에게 이야기할까 생각했지만 말로 하기 너무 복잡했다. 아무튼 엄마는 제이크에게 아무 말 말라고 했었다.

"몰라? 아무튼 글로리아는 알겠지."

제이크는 일어나서 나가려고 했다.

"에이크."

나는 언제나 'ㅈ' 발음이 어렵다.

제이크는 돌아서다가 280 사이즈나 되는 자기 발에 걸려 넘어질 뻔했다. 제이크의 발은 나머지 몸보다 빨리 자랐다.

"휠체어?"

나는 제이크에게 자동으로 돌려 달라고 손짓했다.

제이크가 못 믿겠다는 눈으로 나를 바라보았다.

'그렇다니까! 글로리아는 정말 영 아니지?'

제이크가 휠체어 등에 있는 버튼을 돌려 주어 이제 운전을 할 수 있었다. 나는 제이크를 따라 부엌으로 갔다.

"글로리아, 엄마는 왜 입원했어요?"

"난…. 글쎄다…. 난 모르겠구나."

글로리아는 비스킷 찬장에 머리를 파묻었다. 아는 게 뭐든 우리에게 말하지 않을 게 분명했다.

"아빠가 전화를 해서 집에 와 달라고 부탁하더구나. 아빠가 돌아오면 틀림없이 무슨 일인지 말해 줄 거야…."

제이크가 손바닥을 천장 쪽으로 치켜들고 나를 바라보았다.

'난 포기할래'라는 뜻이었다. 그리고 싱크대 옆 조리대 위로 몸을 들어 올렸다.

"코코아 마셨니, 해리엇?"

제이크가 무의식적으로 한 손으로 컵 모양을 만들어 입 가까이 대며 물었다. '마시다'라는 뜻의 손담이었다.

'아니.'

"오, 이런… 미안. 조금 바빴단다. 지금 해 줄게."

글로리아가 두 번째 컵에 우유를 적당히 따라서 팬에 부었다.

"그래, 제이크, 학교에서 뭐했니? 도움이 필요한 숙제가 있니?"

제이크가 글로리아의 등 뒤에서 눈을 굴렸다.

"괜찮아요. 제 방으로 마실 것과 비스킷을 가지고 올라가 숙제할게요."

"그래, 알았다. 도움이 필요하면 말하는 거다, 알았지? 해리엇은 숙제가 없을 것 같은데? 가엾은 것."

제이크가 눈으로 그러냐고 물었다.

'없어.'

나는 제이크에게 고개를 저어 보였다. 내 숙제는 엄마가 돌아오면 함께할 거다.

글로리아는 바보 같은 코코아에 우유 거품을 올리는 등 수선을 피웠다. 심지어 미니 마시멜로까지 찾아내 거품 위에 얹어 주었다. 하지만 글로리아가 식탁 위에 김이 모락모락 나는 머그잔들을 놓았을 때 맛있어 보인다고 인정하지 않을 수 없었다.

"오, 좀 식게 해리엇에게 우유를 좀 더 부어 줄까?"

"아뇨, 괜찮을 거예요."

제이크가 대답하며 다리를 휙 들어 올렸다가 조리대에서 뛰어내렸다.

제이크는 글로리아가 찾아낸 찬장 어딘가에 숨겨져 있던 화려한 꽃무늬 접시에 담긴 초콜릿 비스킷 네 개를 갖고 위층 자기 방으로 사라졌다.

나도 비스킷과 코코아를 집어 내 방으로 가져가려고 했다.

"아니, 그러지 마. 넌 식탁에서 먹는 게 낫겠어. 지저분해지지 않게 접시에 담아 먹으렴."

글로리아는 내가 턱받이 없이 먹어도 괜찮은지 확인하려는 듯 나를 바라보았다.

나는 시키는 대로 했지만, 이제는 별로 맛이 없었다. 글로리아는 나를 무시하고 계속 저녁 준비를 했다. 페이스트리를 만들려는 것 같았다. 사각형으로 자른 버터를 커다란 유리 믹싱볼에 넣은 다음, 밀가루를 저울에 달더니 그 위에 소금을 한

꼬집 뿌렸다. 이제 글로리아는 비쩍 마른 쥐처럼 무릎을 꿇고 기어 다니며 모든 찬장을 뒤졌다. 나는 상관하지 않았다. 체가 어디 있는지 나에게 물어볼 생각도 없는 사람에게 먼저 엄마가 찬장 끝에 있는 고리에 체를 걸어 놓았다고 알려 주고 싶지 않았다.

8장

우리가 이 집에 이사 온 것은 내가 새 휠체어를 갖게 되었을 때였다. 나는 돌아다닐 더 많은 공간이 필요했고, 안고 계단을 오르내리기에는 너무 무거워졌다. 내게 아주 많은 자유를 허락해 주는 전동 휠체어를 갖는다는 건 멋진 일이었다. 나는 가장 큰 침실을 쓰게 되었고, 엄마와 아빠와 제이크는 2층에 있는 두 개의 침실을 썼다. 내가 2층에 올라간 적은 거의 없다. 마지막으로 거기 올라간 것은 사실 거의 1년 전이었다. 어머니 날이었다. 제이크는 수란과 프렌치프레스 커피를 만들었고, 나는 꽃병에 튤립 몇 송이를 꽂고 작은 물고기 모양 풍경을 포장지로 쌌다. 그 풍경은 지금 부엌 식탁 위에 걸려 있어 옆문이 열릴 때마다 즐겁게 땡그랑거렸다. 아빠는 늘 그렇듯 집에 없었으므로 우리 셋만 있었다. 계단을 오르는 것은 조금 요란스러웠다. 나는 맨 아래 계단에서 엉덩이를 깔고 앉아 뒤로 몸을 끌어 올리려고 해 보았다. 하지만 어떻게 해도 되지 않았다! 제이크가 샤워실 바깥 층계참에 쟁반을 놓고 계단을 다시 내려와 도와주어야 했다. 제이크는 간신히 나를 대충 업었지만, 쿵쾅거리는 소리, 웃음소리, 쉿 하는 소리가 엄마를 깨우고 말았고 결국 깜짝 놀래 주려던 계획을 망쳤다.

아래층 내 욕실 옆에는 서재 두 배 크기의 손님방이 있다. 옆집 흑멧돼지 여사네 단층집을 마주 보는 창 하나밖에 없기 때문에 항상 어두웠다. 하지만 엄마는 색깔을 잘 골랐다. 따뜻한 버건디색을 칠하고 두꺼운 벨벳 커튼을 달아서 아늑했다. 나는 아래층 다른 스위치들과 마찬가지로 휠체어 사용자의 손 높이로 옮겨진 전등 스위치를 켰다.

이 방에 그다지 자주 들어가지 않았지만, 글로리아가 정말 밤에 머물 것인지 확인하고 싶었다. 그리고 저기, 침대에서 두 개의 오토바이 헬멧과 커플 가죽 자전거 슈트가 한 쌍의 앞 못 보는 검은 미라처럼 멍청하게 쳐다보았다. 바닥에는 표범 가죽 무늬 작은 여행 가방이 놓여 있었다. 내 눈빛으로 저걸 태워 버릴 수 있으면 얼마나 좋을까.

침대 머리맡에는 나와 제이크와 엄마와 아빠가 함께 있는 흑백사진이 있었다. 내가 아직 많이 어렸던 5년 전쯤 우키홀 동굴로 당일치기 여행을 갔을 때 찍은 사진이었다. 아빠는 물이 뚝뚝 떨어지고 호박색과 초록색으로 으스스하게 빛나는 동굴 속으로 나를 안고 갔다. 난 아직도 이끼 긴 벽에 크고 무섭게 어렴풋이 보이던 유명한 우키홀 동굴 마녀가 선명하게 기억난다. 그 후에 우리는 옛날 옷으로 차려입고 사진을 찍었다. 제이크와 아빠는 우스꽝스러운 갈색 조끼에 모자를 썼고 엄마는 허리가 잘록 들어간 엷은 색 긴 드레스에 머리를 묶고 커다란 흰 모자를 썼다. 엄마는 팔에 작은 페티코트를 입은 나를 안고 미소를 지으며 내려다보고 있었다. 이 사진의 좋은 점은 레이스 드레스가 내 다리를 완전히 덮고 있어서 나에게 문제가 있다는 걸 전혀 볼 수 없다는 거다.

손님방 뒤쪽 벽 선반에는 앨범들이 꽂혀 있었다. 모두 연도가 적힌 라벨이 붙어 있었다. 무게 때문에 힘겨웠지만 내가 태어난 해의 큰 검은색 앨범을 꺼냈다. 처음 몇 장은 우리 옛날 집에서 바비큐 파티를 하는 사진들이 있었다. 허벅지까지 올라오는 보라색 부츠를 신은 글로리아가 있었다. 굽이 10센티미터는 되어 보였다. 어떤 것들은 절대 변하지 않는다. 처음 몇 장은 엄마가 나오지 않았다. 엄마는 항상 카메라를 들고 사진을 찍는 사람이 되고 싶어 했기 때문이다. 미술을 전공한 엄마는 늘 인테리어 디자이너가 되고 싶어 했다. 지난해부터 강의를 듣기 시작했는데, 이제 아기가 생긴 거다….

아빠 사진도 있었다. 머리가 회색이 되기 전으로 요리사 모자를 쓰고 바비큐 고기를 뒤집으면서 커다란 맥주잔으로 엄마의 카메라를 향해 건배를 하고 있었다. 제이크 사진도 있었다. 입가에 토마토케첩을 바르고 진흙에 뒤덮인 것이 늑대 인간 미니어처처럼 보였다. 맞은편에는 내가 좋아하는 엄마 사진이 있었다. 두 눈을 반짝이며 임신한 배를 자랑하기 위해 블라우스를 매만지는 사진이었다.

나는 천천히 앨범 다음 장을 넘겼다. 바비큐 파티를 하고 불과 며칠 후에 태어난 내 사진들이 있다는 걸 알고 있었기 때문이다. 온몸에 튜브와 전선이 달려 있는 아주 작고 파르스름한 생명체였다. 불안하고 피곤한 얼굴의 엄마 아빠, 슬프고 혼란스러워 보이는 제이크가 있었다. 난 더 이상 보고 싶지 않다. 앨범을 덮고 선반에 다시 갖다 놓았다.

선반들을 훑어보니, 제이크가 태어났을 때의 앨범이 있었다. 날개와 후광이 있는 아기 천사들로 장식된 앨범이었다.

'부디, 신이 있다면, 이번 임신은 제이크의 출생처럼 끝날 수 있겠지?'

나는 모두가 행복해 보이는 아기 천사 앨범을 보지 않기로 마음먹고, 내가 학교에 입학한 해의 앨범을 잡아당겨 죽 훑어보았다. 그때 나는 교복을 처음 입은 사진은 서서 찍어야 한다고 주장했었다. 나를 가운데 두고 양쪽에 제이크와 아빠가 있었다. 두 사람은 나를 붙들고 있었는데, 마치 라인 댄스를 추려고 하는 듯이 보였다. 나는 제이크처럼 학교에 가게 되어 너무 기분 좋았다. 그 당시, 크고 넓은 세계를 마주하며 걱정도 두려움도 없었다…. 그리고 부엌 식탁에서 읽기를 도와주는 제이크 사진도 보였다. 오, 운동회 날 숟가락으로 계란 나르기 할 때 옛날 휠체어를 미는 제이크 사진도 있었다.

앨범을 다시 갖다 놓고 지난해 앨범을 꺼냈다. 우리는 와이드마우스 해변에 있었다. 제이크가 나를 물속으로 데려가는 사진이 있었다. 무릎을 굽힌 채 내 몸무게 때문에 비틀거렸지만 자신이 나를 맨 처음 바다로 데려가야 한다고 작정했던 거다. 엄마가 우리 뒤 해변에 서서 사진을 찍고 있었기 때문에 우리 얼굴은 보이지 않았지만, 연녹색 수영복을 입은 제이크의 완벽한 형태의 등과 등 뒤의 나의 팔, 그리고 등 양쪽에 달랑거리는 나의 다리와 머리가 보였다. 제이크가 나를 떨어뜨리지 않고 어떻게 해냈는지는 모르겠다. 우리 둘 다 너무 웃느라 정신이 없었기 때문이다.

뱃속에서 꼬르륵 소리가 요란했다. 언제 저녁 준비가 될까 궁금했다. 나는 마지막 앨범을 다시 놓고 내 방에 가서 잠시 텔레비전을 보기로 했다.

내 방 색깔은 내가 골랐다. 대부분 라일락색이었지만 침대 뒷벽은 분홍색이었다. 침대 위에는 따뜻한 라일락빛 플리스 이불과 폭신폭신한 흰색 쿠션 한 무더기가 있었다. 내 휠체어를 위해 넉넉한 공간이 있는 커다란 방이었다. 또한 커다란 안락의자가 양가죽 러그로 덮여 있었다. 언제나 나는 학교가 끝나고 집에 와서 딱딱한 휠체어에서 내려 안락의자에 깊숙이 앉아 텔레비전을 보거나 컴퓨터 게임을 할 것이 몹시 기다려졌다. 나는 휠체어에서 천천히 앞으로 움직여 발이 쉬고 있던 발판을 들어 올린 다음 휠체어 밖으로 몸을 끌어내서는 양가죽 위에 털썩 주저앉아 텔레비전을 켰다. 그리고 다리를 웅크리고 꼭 껴안았다.

9장

아빠 차가 진입로로 들어오면서 헤드라이트 불빛이 내 방 천장을 가로질러 비춘 것은 7시가 지나서였다. 아빠는 틀림없이 잠시 차 속에 앉아 있었을 거다. 내가 현관 복도로 갔을 때에야 아빠가 걸어 들어오는 것이 보였기 때문이다. 글로리아가 허둥지둥 거실에서 나왔다.

"앤서니! 차 소리를 듣지 못했구나. 코트 이리 주렴. 맥주 줄까?"

"블랙커피 주세요. 이따가 리즈한테 다시 갈 거예요."

글로리아가 후다닥 내 옆을 지나갔다. 아빠가 내려다보았다.

"잘 있었어, 공주님."

아빠가 미소 지었다. 하지만 몹시 지친 미소였다.

제이크가 계단을 뛰어 내려왔다.

"무슨 일이에요? 해리엇이 그러는데 엄마가 병원에 입원했다면서요. 왜 그랬어요?"

"우리도 잘 모른다, 아들. 엄마는 이제 괜찮아. 하지만 아침에는 기절할 것 같았대. 옆집 터너 부인이 구급차를 불러야 했단다."

'늙은 흑멧돼지 여사가 구급차를 불렀다니! 젊은 엄마가 불러야 마땅한 거 아냐?'

"빌어먹을! 구급차를 불렀어요?"

"그런 언어를 쓸 필요는 없지, 제이크."

말은 그렇게 했지만 아빠의 마음은 딴 데 가 있었다.

"의사들은 일시적인 거라고 생각하지만 확실히 하기 위해 며칠 입원시키는 거래. 글로리아가 무슨 요리를 했는지 볼까? 하루 종일 먹지 않았더니 배가 고파 죽겠다."

아빠는 키가 크고 팔은 껴안고 싶게 길었다. 내가 아빠의 공주라면 아빠는 분명 나의 왕이었다. 크고 강하고 항상 중심을 잃지 않았다. 아빠가 집에 있으면 난 안전하다고 느꼈다. 아빠는 휠체어의 등을 잡더니 내 머리가 뒤로 젖히도록 앞바퀴를 들어 올렸다. 나는 킥킥 웃으며 아빠의 눈을 쳐다보았다. 아빠의 눈이 말하고 있었다.

'사랑해. 모든 게 다 잘될 거야.'

앨런은 이미 식탁에 앉아서 음식이 나오기를 기다리고 있었다. 거긴 엄마 자리였다.

"괜찮나?"

앨런이 아빠를 향해 이상한 나라의 앨리스에 나오는 체셔 고양이처럼 싱긋 웃으며 물었다. 가족에게 긴급한 일이 생겨서 가 아니라 미친 모자 장수의 티 파티에 온 것 같았다.

"배가 고프면 즐겁게 먹을 수 있을 걸세. 글로리아가 사악한 비프스튜를 내올 테니까. 믿을 만한 소식통에 따르면 디저트 로 애플파이와 커스터드가 있다는군."

앨런이 자랑스레 덧붙였다.

저녁 식사 후 글로리아는 수선을 떨며 식기세척기에 그릇을 집어넣었다. 그건 제이크의 일이었다.

"너 같은 사내아이는 더 나은 일을 해야지. 그냥 다리를 올 려놓고 쉬어. 하루 종일 학교에 있었잖니."

아빠가 눈썹을 치켜올리며 제이크에게 고개를 끄덕였다.

"자, 그럼 우리 공주님. 가서 욕조 물을 틀어 놓으렴. 조금 있 다 갈게. 글로리아하고 이야기 좀 해야 하거든."

무슨 이야기를 하는지 문 앞에서 듣고 싶었지만 아빠는 내 가 복도를 따라가는 모습을 지켜본 다음 부엌문을 닫았다. 하 품이 나왔다. 이런저런 걱정 때문에 온몸이 굳었지만, 따뜻한 물이 도움이 될지도 몰랐다. 온수 꼭지를 틀자 쿨럭쿨럭 소리가 났다. 나는 욕조 옆 기둥에 매달린 금속과 플라스틱으로 된 커다란 좌석을 물끄러미 바라보았다. 나를 들어 욕조 안에 넣는 승강 장치인 호이스트였다. 내가 어렸을 때, 아빠는 나를 높이 안고 욕조 위에서 돌리면서 따뜻한 욕조 물로 장난을 쳤다. 한숨이 나왔다. 내 방으로 수건과 잠옷을 가지러 갔다가 욕실로 돌아오자 아빠는 물에 거품을 일으키고 있었다.

"샤워기로 머리 감자."

아빠가 욕조 가장자리에 걸터앉아 말했다.

"물건들을 의자에 놓고 옷을 벗으렴."

엄마는 항상 내 옷을 벗겨 주었다. 그게 훨씬 빨랐다. 하지만 아빠는 목욕 시간을 '스스로 하는 법'을 배우는 시간으로 썼다. 그건 피곤한 일이었지만 아빠는 재미있는 놀이로 만들었다. 그런데 오늘 밤 아빠는 정신이 딴 데 가 있는 것 같았다. 나도 그랬지만. 나는 간신히 교복 상의를 벗고 넥타이를 풀었다.

"단추는 아빠가."

"네가 두 개 풀면 나머지는 내가 풀게."

아빠는 항상 내가 먼저 노력하게 했다.

단추에 온 집중력을 쏟았고, 일단 블라우스에서 빠져나오자 안전 레일을 이용해서 일어섰다. 그런 다음 한 손으로 레일을 잡고 치마와 타이츠를 벗으려고 애를 썼다.

"못 해요."

"좋아. 오늘 밤은 몸이 굳었구나."

아빠가 나머지 옷을 벗는 걸 도와주고 나를 호이스트에 태웠다. 나는 하얀 플라스틱 좌석을 욕조로 들어 올리는 버튼을 눌렀다. 찬 공기 때문에 소름이 돋았다. 아빠가 호이스트를 내렸다. 호이스트는 화가 날 정도로 느렸다. 마침내 다리에 보글보글 이는 거품이 느껴지고 다음엔 그 아래 따뜻한 물이 느껴졌다.

아빠가 내 머리를 감길 때 나는 마음을 옥죄던 질문을 했다.

"아기 괜찮아요?"

"뭐어?"

아빠가 작업복 바지에 손을 닦으며 물었다.

"아기?"

나는 아빠가 내 질문을 잘못 알아듣지 않도록 손담으로 물었다.

"언제 알았니?"

"오늘 아침."

"엄마가 오늘 아침 너에게 말했다고?"

'네.'

"제이크도 아니?"

'아뇨.'

"그렇구나."

아빠가 샴푸를 헹구려고 물을 틀었다.

"눈 감아라."

"아빠? 아기 괜찮아요?"

헹구기가 끝나자 나는 다시 물었고 아빠는 샤워 꼭지를 잠 갔다.

"오 그럼. 아기는 괜찮은 것 같아. 다만 임신이 엄마하고 맞 지 않는 것 같아."

아빠가 호이스트를 물 밖으로 들어 올리는 버튼을 눌렀다.

"내 잘못이에요?"

몸에서 물기를 털어 내며 내가 물었다.

"미안, 잘 듣지 못했다. 다시 말해 보렴."

아빠가 시계를 보고 수건에 손을 뻗으며 말했다.

"내 잘못이에요?"

이번에는 더 분명하게 말하려고 애를 쓰며 다시 물었다.

"어떻게 네 잘못일 수 있지?"

"몰라요."

정말 몰랐다. 엄마는 그냥 쉬면 되었는데, 날 돌보느라 너무 많은 시간과 에너지를 써야 했다.

"물론 아니지, 공주님. 걱정 마. 하나도 네 잘못이 아니야."

나는 휠체어에 앉아 잠옷을 입었고, 아빠와 함께 내 방까지 갔다. 아빠가 머리를 말려 줄 때 거울 속 아빠의 다부진 얼굴을 물끄러미 바라보았다. 주름살 하나하나, 회색 머리, 까칠하게 자란 수염의 선, 강렬한 파란색 눈과 길고 검은 속눈썹. 아빠는 내 칙칙한 갈색 머리를 브러시로 팽팽하게 잡아당기며 헤어드라이어를 위아래로 쏘였다. 완전히 말랐다고 확신이 들 때까지 엄청 많은 시간이 걸렸다.

"이야기?"

내 머리를 다 말린 아빠가 밤사이에 엉키지 않도록 갈래지어 묶을 때 내가 물었다.

'책'이라는 손담과 함께 물어봤지만, 아빠는 책을 읽어 준 적이 한 번도 없었다. 대신 웃기는 목소리와 음향 효과를 사용해서 최고의 이야기를 직접 지어냈다. 하지만 아빠는 다시 시계를 보고 있었다.

"안 되겠구나. 면회 시간이 끝나기 전에 엄마한테 돌아가야 하거든."

나는 조르지 않았다.

아빠는 내가 일어서도록 도와주다가 갑자기 내 팔 아래쪽을 엄청 세게 껴안고 나를 빙빙 돌렸다. 나는 아빠의 따끔거리는 얼굴에 코를 비볐다.

"너, 너무 크다."

아빠가 킥킥 웃었다. 얼굴의 웃음 주름이 걱정 주름을 대신했다. 아빠는 장난으로 침대 위에 나를 쿵 하고 내려놓았다.

"음악 좀 틀어 줄까?"

나는 고개를 끄덕이며 이불을 턱 밑에까지 끌어 올렸다. 아빠가 시디플레이어의 재생 버튼을 누르자 소울 뮤직이 공중에 스며들었다. 아빠는 내 이마에 입을 맞췄다.

"엄마한테 '안녕' 인사 전해 줄까?"

나는 고개를 끄덕였다.

"그 작은 머리를 너무 걱정하게 만들지 마세요, 공주님. 잊지 말고 침대 옆 불 끄고. 그럼 잘 자라."

나는 떠나는 아빠 모습을 지켜보며 생각했다.

'안녕히 주무세요, 엄마. 빨리 집에 오세요.'

10장

다음 날 아침 나는 늦게 일어났다. 밤새 잠을 설쳤다. 어제 아빠가 떠난 후 제이크가 나를 보러 아래층으로 내려올 거라고 생각했지만, 제이크는 나타나지 않았다. 밤 11시가 넘어서까지 자기 방에서 통화하는 소리가 들렸다.

글로리아와 앨런이 집에 있으니 기분이 묘했다. 집도 그들이 있는 걸 느끼는 것 같았다. 그들이 내는 낯선 소리에 내 귀가 긴장했다. 음악이 끝나고 앨런과 글로리아가 방으로 들어간 한참 후인 늦은 밤에야 아빠가 집에 오는 소리가 들렸다. 아빠의 무거운 발걸음이 천천히 계단을 올라가 침실로 들어갔다.

겨우 잠이 들었지만 계속 혼란스럽고 이상한 꿈을 꾸었다. 꿈에서 깨면 어두운 천장만 말끄러미 쳐다보았다. 점점 더 불안스러워지는 꿈 때문에 다시 잠들기가 망설여졌다. 하지만 잠이 깬 의식 속의 생각들도 그만큼이나 걱정스러웠다. 해가 뜨기 직전에야 아무것도 괴롭히지 않는 무겁고 깊은 잠에 빠졌다. 아빠가 8시에 머리를 쓰다듬으며 나를 깨웠다.

"일어나서 아침 먹어야지!"

나는 힘겹게 휠체어에 올라앉아 이를 닦으러 갔다. 아침마다 맨 먼저 하는 일이었다. 이 쓸모없는 몸으로 잠에서 깨어나는 것만도 충분히 불편한데 입안이 텁텁한 채 살 수는 없었으니까. 부엌으로 가자 모두들 늦잠을 잔 것 같았다. 난 10센티미터 두께의 화장을 하지 않은 할머니를 본 적이 없다. 글로리아는 커다란 꽃무늬가 있는 면 잠옷에다 등에 빨간 장미가 수놓인 검은 실크 가운을 입고 있었다. 뾰족 굽 슬리퍼와 검은색으로 칠해진 발톱을 제외하면 거의 보통 할머니처럼 보였다. 앨런은 아침 식사에 나타나지 않았다.

"어젯밤 엄마는 어땠어요?"

제이크가 물었다.

"잘 모르겠다."

아빠가 잼에 손을 내밀며 한숨을 지었다.

"너무 지쳐 있어. 당분간 입원해야 할 것 같아."

"왜요? 무엇이 문제예요, 아빠?"

"검사 중이란다."

아빠가 망설이며 덧붙였다.

"엄만 임신했어, 제이크."

"오."

침묵이 흘렀고, 아빠는 토스트를 내 접시에 놓았다. 엄마라면 버터를 발라 주었을 테지만 아빠한테 부탁하는 건 의미가 없었다. 나는 나이프를 집어 마가린을 푹푹 찔렀고, 토스트에 바른 마가린보다 마가린 통에 흘린 토스트가 더 많았다.

"아빠, 해리엇 좀 보세요! 마멀레이드 바르게 새 나이프 줄까, 해리엇?"

제이크가 물었다.

"내가 가져올게."

글로리아가 자리에서 일어서며 말했다.

"임신한 지 얼마나 된 거예요?"

"잘 모르겠다, 아들. 엄마도 몰랐던 것 같아."

아빠의 목소리는 비통했다. 어쩌면 엄마는 아빠한테 말하지 않았을지도 몰랐다.

온 식탁 위로 마멀레이드가 떨어졌고 토스트는 형편없이 엉망진창이 되어 버렸다. 하지만 모든 것을 나 혼자서 해냈다. 나는 보지 않으려고 두 눈을 감았다. 맛은 괜찮았다.

"그래서요, 뭐가 잘못됐어요? 이번에도… 전과 같아요?"

제이크가 머뭇거리며 물었다.

"조금."

아빠의 목소리가 떨렸다.

나는 끈적거리는 식탁을 응시했다. 목구멍에 들어간 토스트는 숯덩이가 되어 버린 것 같았다.

"차는 언제 오니?"

글로리아의 질문이 모두를 현재 이 순간으로 되돌렸다.

"이십 분에요! 토스트 빨리 먹어라, 공주님. 주스 좀 따라 줄게."

아빠가 자신의 토스트를 내려놓고 옆으로 밀면서 구더기가 잔뜩 있는 것처럼 콧살을 찌푸렸다.

시간이 너무 없는데도 아빠가 나 혼자 옷을 입게 해 보려고 하는 바람에 늦고 말았다. 샘은 기다려야 했다. 아빠가 진입로로 데려갈 때 나는 앨런의 골드윙을 향해 으르렁거렸다. 만약내가 맹견으로 유명한 로트와일러였다면 이빨로 물어 타이어에 펑크를 냈을 거다.

"그래, 엄마는 어디 계시니, 해리?"

미니버스를 운전하며 샘이 물었다.

"편찮으시니?"

나는 고개를 끄덕였다.

"저런. 안됐구나. 그래서 용이 와 있는 거야?"

나는 건성으로 웃었다.

'네.'

"그분 정말 괜찮은 거지? 용 말이야?"

나는 얼굴을 찌푸렸다.

남은 길은 조용히 지나갔다. 나는 굴러가는 거리를 구경했지만, 정말 본 것은 아니었다. 엄마의 임신은 좋은 생각이 아니었다고 생각하지 않을 수 없었다. 아빠 자신도 전에 그런 말을 했다. 그래서 내가 태어났을 때 모든 게 잘못되기 시작했던 거라고.

11장

학교에 도착했을 때 나는 충분히 기분이 나쁜 상태였다.

"이런, 해리엇! 너 엉망으로 보인다. 잠 잘 못 잤니?"

샬럿에게 그런 말을 들어도 기분에는 별 영향이 없었다.

'응.'

"너 운 것 같다."

나는 고개를 저으며 샬럿이 나를 저렇게 바라보지 않았으면 좋겠다고 생각했다. 그런 눈으로 보면 다시 울고 싶어졌다.

"너, 정말 괜찮은 거지?"

'응.'

"그렇다면 뭐. 서두르는 게 좋겠다. 출석에 늦겠어."

"모두 제자리에."

우리가 교실에 들어서자 젠킨스 선생님이 소리를 질렀다.

"해리엇, 올컷 선생님이 오늘 못 오신다. 너 혼자 되는 대로 해야 할 거야."

적어도 어제 오후처럼 올컷 선생님이 또 2분마다 말을 시키지는 않을 거라는 뜻이었다. 어쩌면 선생님은 돌아올 때쯤이면 내게 말을 시켜야 한다는 생각을 다 잊어버릴지도 몰랐다.

샬럿과 나는 계단을 피하려고 과학관까지 먼 길을 돌아가야 했다. 밖은 추웠고 엷고 희뿌연 가랑비가 보슬보슬 공중을 맴돌았다.

"여름이 빨리 왔으면 좋겠어."

샬럿은 덜덜 떨며 휠체어와 나란히 걸어가려다가 보도블록에서 떨어질 뻔했다.

샬럿의 말에 공감이 갔다. 나는 보통 사람들보다 더 추위를 탄다. 근육은 수축되고 관절은 잘 움직이지 않아 느낌이 평소보다 훨씬 더 불편하고 보기에도 어색하다.

과학관은 제법 새 건물이었지만 베이싱 화학 선생님은 아주 나이가 많았다. 얼룩얼룩한 회색 머리털이 대부분 귀 부분에 있어서 지혜로운 늙은 올빼미처럼 보였다. 선생님은 교실 맨 앞에 서서 반달 모양 안경 너머로 응시하며 조용해지기를 기다렸다.

"오늘 올컷 선생님은 안 오시니?"

선생님이 물었다.

나는 고개를 끄덕였다.

"걱정하지 마라, 해리엇. 문제가 있으면 내게 알려다오."

'그럴 리가.'

과학관의 실험대는 높았지만, 우리 모둠은 다른 교실에서 가져온 보통 탁자에 둘러앉았다. 내가 자리에 앉았을 때 그렉과 트레스콧은 소리를 죽여 축구팀에 대해 언쟁을 하고 있었고 팀과 쥘리에트는 책을 앞에 펴놓고 지난 수업에 배운 것을 살펴보는 척하고 있었다.

"너 괜찮아, 해리엇? 다 챙겨 왔니?"

샬럿이 물었다.

'응.'

샬럿은 나를 떠나 교실 뒤쪽에 있는 친구들과 함께 앉으러 갔다.

"자, 여러분. 가운데 실험대로 모이도록. 필기도구는 필요 없지만, 고글은 모두 착용해야 한다."

베이싱 선생님이 말하자 다들 물탱크가 기다리고 있는 중앙 실험대로 미친 듯이 달려갔다.

"조용!"

멋지군. 나는 휠체어를 돌리며 생각했다. 과학 실험을 할 때는 올컷 선생님이 내가 스툴에 잘 올라앉아 있도록 균형을 잡아 주지 않으면 실험을 볼 수 없었다.

"해리엇, 볼 수 있겠니?"

베이싱 선생님이 물었다.

'네.'

나는 거짓말을 했다. 선생님 옆에 휠체어를 대면서 늘어선 머리통들을 지나 실험을 볼 수 있기를 바랐다. 앞에 앉아 있는 그렉이 베이싱 선생님이 보지 않을 때 계속 뒤를 돌아보며 얼굴을 찌푸렸다.

교실이 조용해졌다. 모두 초조하게 기다렸다. 선생님이 제임스 본드가 폭탄을 제거할 때처럼 조심조심 뭔가를 얇게 써는 모습이 보였다. 그다음 퐁당 소리와 시싯 소리가 났다. 반 아이들은 저절로 의자 위에서 윗몸을 뒤로 젖혔다.

"우와!"

테아가 말했다.

"헐!"

트레스콧이 말했다.

지글지글 소리, 칙칙 소리가 났고, 곧 조용해졌다.

"이게 뭐예요, 선생님?"

윌이 물었다.

"좋은 질문이다, 윌리엄. 모두 조용히 자기 자리로 돌아가

도록.”

그렉은 의자에서 내려오며 의도적으로 내 휠체어에 발이 걸렸다. 휠체어가 흔들거렸다.

“조심해, 마비녀.”

그렉이 비아냥거렸다.

마비녀! 왜 사람들은 그렇게 말하는 걸 독창적이고 똑똑하다고 생각할까? 물론 난 장애가 있다. 하지만 근육만 마비되었을 뿐 뇌는 아니다. 그렉은 그냥 바보천치고, 내 휠체어 바퀴 밑의 벌레였다.

나는 다른 아이들과 함께 우리 자리로 돌아왔다. 베이싱 선생님이 설명하는 동안 내 마음은 딴 데서 떠돌았다. 나는 창밖을 내다보았다. 보슬비가 그쳤고, 침울한 검은 구름이 옅은 파란색으로 에워싸여 하늘을 가로지르고 있었다. 태양은 빛을 비추려고 애를 쓰는 중이었다. 제이크네 반은 진창처럼 보이는 추운 운동장에서 럭비를 하고 있었다. 하지만 제이크와 카메론은 공에 관심을 두지 않고 울타리 옆에서 바람을 피하고 있었다. 체육 선생님이 호루라기를 불며 야단을 쳤고 둘은 게임에 다시 참여했다.

나는 펄쩍 뛰었다. 베이싱 선생님이 내 이름을 불렀기 때문이다.

"넌 쥘리에트하고 해라."

선생님이 말했다.

우리는 물과 금속을 가지고 실험하고 기록해야 했다. 별로 많은 일이 일어나는 실험 같지는 않았다. 그래도 쥘리에트와 함께해 보니 좋았다. 쥘리에트는 내가 말하고 싶어 하지 않는 다는 사실을 존중했고, 자신이 실험을 이끌게 된 것을 꽤 기뻐 했다. 영어가 아직 서투른 쥘리에트는 자신을 가리키며 흉내를 내는 방법으로 생각을 전달했다.

"정말 좋은 실험이었어. 너도 봤니?"

수업이 끝나고 본관으로 돌아올 때 샬럿이 물었다. 바람은 그다지 차갑지 않았지만 거셌다. 나는 땋은 머리를 들어 올려 등 쪽으로 탁 던지며 고개를 저었다.

"그런 것 같더라. 나도 다시 한번 보고 싶어. 우리, 도서관에 가서 베이싱 선생님이 알려 준 웹사이트에서 볼래?"

나는 너무 놀라서 '아니'라고 말하지 못했다.

도서관은 점심시간에 시간 보내기에 좋은 장소였지만, 수업 시간 외에는 아무하고도 간 적이 없었다. 쉬는 시간에는 도서관을 이용할 수 없기 때문에 우리는 사서 선생님에게 특별 허락을 구해야 했다. 선생님은 샬럿의 설명을 듣자 괜찮다고 했다.

"참 기특하구나. 도움이 필요하니?"

사서 선생님이 속삭였다. 내가 도서관을 사랑하는 이유 가운데 하나는 바로 평온함과 고요함이었다.

"아뇨, 괜찮아요."

인터넷에서 실험을 보니까 왜 반 아이들이 그토록 감명을 받았는지 알 수 있었다. 우리는 나트륨과 물의 반응뿐만 아니라 칼륨과 물의 실험도 보았다. 탱크는 실제로 폭발했다!

"헐!"

나는 뜻하지 않게 소리를 내어 말했다.

샬럿이 내게 미소를 지었다.

"맞아. 헐이지."

샬럿이 부드럽게 말을 되풀이했다.

2교시 종이 울렸고 샬럿과 나는 지리 수업을 받으러 갔다. 샬럿은 헨더슨 선생님에게 가서 올컷 선생님이 안 계시니까 내 옆자리에 앉아도 되느냐고 물었다! 점심시간 뒤 영어 시간에도 내 옆자리에 앉았다. 샬럿은 올컷 선생님보다 설명을 더 잘했다.

샬럿은 수학 수업을 들으러 다른 교실로 갔으므로, 마지막 시간에는 다시 혼자가 되었다. 나는 그렉과 트레스콧을 참아야 했다. 그 둘은 올컷 선생님이 없으면 훨씬 소란스럽게 굴었다. 하지만 난 개의치 않았다. 샬럿이 나를 진짜 사람처럼 느끼게 했기 때문이다.

12장

"너 기분 좋아 보인다, 해리. 좋은 하루였니?"

샘이 내가 승용차에 타도록 도와주며 물었다.

'네.'

좋은 하루였다. 나는 창밖으로 창백한 햇빛 속에서 고개를 까딱이고 있는 수선화를 내다보았다.

"그래, 지난밤 에벳하고 어떻게 보냈는지 듣고 싶니?"

샘이 휠체어를 동굴 같은 차 트렁크에 넣고 시동을 걸었다.

'오 그럼요!'

샘의 데이트를 까맣게 잊고 있었다.

샘은 에벳이 어제저녁 얼마나 많은 질문을 했는지, 얼마나 샘의 직업에 관심을 갖는 듯이 보였는지 이야기했다.

"그래도 두렵더라. 그래서 또 데이트 약속을 잡지 않았어. 하지만 난 에벳을 다시 만나고 싶어. 오늘 밤?"

나는 고개를 저었다.

샘은 실망한 듯 보였다.

"에벳이 나를 다시 만나고 싶어 할 거라고 생각하지 않는구나?"

'아뇨!'

"만나고 싶어 할 거라고? … 하지만 오늘 밤은 말고?"

'맞아요.'

"그럼 전화를 걸어서 에벳이 다른 날 밤 만나고 싶은지 알아볼까?"

'네! 바로 그거예요.'

나는 혼자 미소를 지었다. 어떻게 내가 사람 관계를 상담할 자격이 생긴 거지? 친구로 생각해서?

우리가 애프리콧 애비뉴로 돌아오니 골드윙은 여전히 집을 지키고 있었고, 내 영혼은 다시 땅으로 쿵 떨어졌다.

"용이 아직 여기 있는 것 같구나."

샘이 진입로의 오토바이 옆에 주차하며 말했다.

글로리아가 집에서 나왔다. 오늘은 에메랄드그린색 탑을 입고 있었고 손톱을 거기 어울리는 색으로 칠했다.

"내일 보자."

샘이 글로리아 뒤에서 문을 닫으며 외쳤다. 현관 복도에서 나는 글로리아에게 내가 조종할 수 있도록 휠체어를 자동으로 돌려 달라고 신호를 보내려 했다.

"그래, 그래. 앨런하고 텔레비전을 보게 데려다줄게."

글로리아는 나를 보지도 않고 말했다.

나는 포기했다.

"안녕, 아가씨."

괴물 석상이 아빠 의자에 앉아 말했다.

"조니 프리먼이 이 젊은 놈한테 혼쭐이 나고 있어! 나랑 다트 시청하는 거 좋지 않니?"

나는 패배자의 미소를 지었다.

13장

나는 부글부글 속을 끓이며 어둑어둑한 공간에 앉아 있었다. 6시 뉴스가 텔레비전 화면에서 조용히 깜박거렸다. 아빠는 약 20분 전에 제이크와 병원에서 돌아왔다. 제이크는 자기 방으로 태풍처럼 뛰어 올라가 문을 쾅 닫았고 아빠는 한마디도 하지 않았다! 앨런은 텔레비전 소리도 키우지 않고 (신문을 읽으려고 소리를 죽여 놓았다.) 내게 리모컨을 건네주지도 않고 의자에서 일어났다. 앨런은 나를 보고 미소 지으며 내 머리를 헝클이고는 부엌으로 아빠를 보러 사라졌다. 어른들은 속삭이는 늑대 무리처럼 거기 모여 있었다.

아빠가 엄마를 보러 내가 아닌 제이크를 데려갔다는 걸 믿을 수 없었다. 엄마는 어떤 거야? 아무도 내게 알리고 싶어 하지 않을 만큼 나쁜 거야?

앨런이 계단 밑으로 가서 외쳤다.

"저녁 먹자!"

제이크가 내려오자 그들은 식사를 시작했다. 내가 없는데도!

"난 어떡해?"

나는 외쳤다. 하지만 나름 노력했어도 내 목소리는 너무 약하고 아무도 듣지 못했다.

나는 기다렸다. 몹시 화가 났다.

마침내, 아빠가 외쳤다.

"해리엇은 어디 있지?!"

아빠가 식탁 의자를 뒤로 미는 소리가 들렸다.

"해리엇은 어디 앉아야 하나?"

앨런이 물었다.

"아니, 자리조차 마련하지 않았다고요? 글로리아!"

"쉿! 옆으로 좀 비켜서 자리를 만들어라, 제이크."

아빠는 거실 전등을 켰고 나는 갑작스러운 불빛에 눈을 깜박였다.

"왜 불러도 오지 않은 거냐?"

아빠가 짜증스러운 어조로 물었다.

"휠체어!"

나는 등 뒤를 가리키는 몸짓을 했다. 왜 아빠는 내게 저렇게 말하지? 내 잘못이 아닌데.

"좋아. 글로리아에게 설명해야겠구나. 미안하다, 해리엇."

아빠와 내가 부엌으로 들어가니 글로리아는 식탁의 접이식 날개를 올리고 자리를 마련하고 있었다. 당황한 기색이 허공에 붉은 안개처럼 드리워져 있었다.

"글로리아! 휠체어를 자동으로 돌리는 거 아세요?"

아빠가 날카롭게 말했다.

"에?"

글로리아가 바보 같은 소리를 냈다. 아빠는 글로리아에게 휠체어에서 어떤 버튼을 누르는지 보여 주었다.

나는 글로리아를 똑바로 바라보았다.

'내가 집에 왔을 때 하려고 했던 말이 바로 그거였다고요!'

"아, 이제 알겠다."

글로리아가 어색하게 말했다.

글로리아는 내 앞에 음식 접시를 갖다 놓았고 모두들 어물쩍 식탁 주위 자기 자리로 돌아갔다. 나는 제이크 옆에, 아빠는 맞은편에, 글로리아와 앨런은 양쪽 끝에 앉았다. 다들 음식을 먹느라 바쁜 척했지만, 서로 죄책감 어린 시선을 교환하는 것이 보였다. 죄책감을 느껴야 마땅했다. 목구멍에서 분노가 타오르며 따끔따끔 두 눈을 찔렀다. 어떻게 감히 그럴 수가 있지? 나는 파이와 완두콩 접시를 노려보며 세상의 어느 것도 내가 먹도록 유혹하지 못할 것 같은 느낌이 들었다. 모두 바로 눈앞에서 내가 굶어 죽는 걸 봐야 마땅했다.

"그래, 앤서니. 출장은 어떻게 하기로 했니?"

"아무래도…. 가야 해요."

'우리를 돌봐줄 엄마도 없는데.'

"정말 가실 거예요?"

제이크가 못 믿겠다는 듯 물었다.

"엄만 괜찮아질 거야. 하루 이틀이면 집에 올 거다."

나는 이런 일이 일어나는 걸 믿을 수 없었다.

"하지만 앤서니! 내가 할 수 있을지 잘 모르겠다."

"괜찮을 거예요, 글로리아. 전에는 이런 부탁한 적이 없었잖아요. 이 계약을 놓칠 수 없다는 거 아시잖아요. 앞으로 아기가 태어날 테니…."

나는 눈물로 무거워진 눈으로 아빠를 바라보았다. 아빠는 우박을 막으려는 사람처럼 음식 위로 등을 구부리고 있었다.

"안 돼요!"

"그만해라, 해리엇!"

아빠의 목소리가 허공을 가르며 내 얼굴 위로 철썩 내려앉았다. 나는 깜짝 놀랐다. 이제껏 아빠는 내게 거칠게 말한 적이 없는데, 하룻저녁에 두 번이나 이러다니.

"죄송해요, 글로리아. 먹을 수 없어요. 짐 챙기러 갈게요."

마침내 아빠가 떨리는 목소리로 말했다.

나는 아빠가 떠나는 모습을 지켜보다가 식탁을 둘러보았다. 아무도 뭔가 어떻게 할 생각이 없는 걸까? 제이크는 나이프와 포크를 내려놓고 문을 쾅 닫으며 후다닥 부엌을 나갔다. 글로리아는 입을 멍하니 벌린 채 시장의 얼음 위에 놓인 물고기처럼 똑바로 앞을 응시했다. 하지만 가장 화나는 것은 앨런의 태도였다. 앨런은 이 모든 일과 아무 상관없는 듯이 무관심한 태도를 취했고, 날씨에 대한 대화를 시작해야 할지 말지 고민하는 사람 같았다.

눈물이 거침없이 얼굴로 흘러내렸고, 짠 물방울 사이로 내 접시 위에 놓인 밝은 완두콩들이 나를 비웃었다.

'엄마! 무슨 일이에요? 제발 집으로 돌아오세요.'

14장

나는 괴물 석상 부부와 함께 부엌에 갇혀 있었다. 부엌문은 뻑뻑해서 혼자 힘으로 열 수 없다는 걸 알았지만 도움을 청하는 건 너무 싫었다.

"잘 먹었어."

앨런이 마침내 음식을 다 먹고 말했다.

"저런 식으로 달아나 버리면 어떡해."

글로리아가 식식거리며 말했다.

"글로리아! 아이가 듣잖아."

"아무튼, 우리는 이번 주말에 떠나기로 되어 있었고, 내일 파티는 이미 취소해야 했어. 저런 식으로 다 포기하라고 해서는 안 되지. 그건 아니지."

"사람은 해야 할 일을 해야 하잖아, 여보. 앤서니도 가고 싶지 않지만 가야 하고. 우린 우리대로 최선을 다할 수밖에."

나는 손을 들어 올려 얼굴의 눈물을 닦으려고 했다. 아빠가 이대로 갈 수는 없지 않을까? 나는 글로리아를 바라보았다. 자연스러운 색조 화장이 싹 가셔 버린 얼굴은 갑자기 늙어 보였다. 갈색 '천상의 선탠' 파운데이션은 주름살 속에 뭉쳐 있었고 블러셔는 광대처럼 보이게 했다. 한쪽 눈꼬리에서 눈물한 방울이 가늘게 흘러내렸다.

"난 못할 것 같아, 앨런."

글로리아의 목소리는 거의 들리지 않았다.

"이리 와요, 여보."

앨런이 식탁에서 의자를 뒤로 밀고 무릎을 토닥거리며 말했다.

"앤서니가 내려올지도 몰라."

앨런이 자리에서 일어나더니 정말로 바로 내 앞에서, 글로리아를 껴안았다.

"여보! 당신은 내가 만난 가장 강한 여성이야. 뭐든지 잘 해낼 수 있어."

이제 앨런은 바보 같은 과산화수소수 금발에 입을 맞추었다! 나는 검은 슬레이트 바닥의 무늬를 내려다보았다. 아빠가 제이크의 방문을 두드리는 소리가 들렸다.

"아빠 좀 들어가자, 제이크…. 제이크, 나 지금 떠난다…."

아빤 정말로 가려고 했다!

"삼 주 후에 보자, 아들. 글로리아에게 잘해라…. 그리고 엄마가 돌아오면 엄마한테도. 제이크?"

"그냥 가세요, 아빠!"

제이크가 소리를 질렀다. 그리고 엄청나게 요란한 소리가 났다. 분명 뭔가를 던진 것 같았다.

여행 가방이 쿵쿵쿵쿵 계단을 내려오는 소리가 들렸다. 글로리아가 벌떡 일어나며 앨런을 밀치고 식탁을 치우기 시작했다. 앨런의 접시는 비었지만 다른 네 개의 접시는 거의 손도 대지 않았다.

"음식을 이렇게 낭비해서야."

글로리아가 코를 훌쩍였다.

문이 열렸다.

"저 갑니다. 병원에서 바로 갈 테니 돌아와서 봬요."

"그래. 우리가 요새를 지킬 테니 너무 걱정 말게."

앨런이 아빠의 어깨를 찰싹 치며 말했다.

아빠가 여행 가방을 문간에 내려놓고 내게 건너왔다. 나쁜 짓을 했다는 걸 아는 강아지처럼 보였다. 아빠가 손을 뻗어 나를 안았다.

"기운 내, 우리 공주님. 엄마가 곧 집에 올 거야."

난 아빠를 안아 주지 않았다. 어떻게 이렇게 떠날 수 있는 거야?

"그냥 알아 둬, 해리엇. 지금 가는 곳에는 인터넷이 안 돼. 너무 외진 곳이거든."

'잘됐네. 나도 아빠랑 연락하고 싶지 않으니까.'

"글로리아."

아빠가 마침내 똑바로 일어서며 말했다.

글로리아가 얼굴에 짙은 미소를 펴 발랐다.

"그래, 하나도 걱정할 것 없다. 필요한 것 다 챙겼니? 아, 네 차 키!"

"그거 없으면 멀리 가지 못하죠."

아빠가 부엌 조리대에서 차 키를 집으며 힘없이 농담을 했다.

"운전 조심해라, 얘야. 좋은 여행하고."

글로리아가 반짝이는 크리스마스 불빛처럼 활짝 웃으며 말했다.

아빠는 갔다.

글로리아는 다시 의자에 털썩 주저앉았고 가면은 다시 벗겨졌다. 글로리아는 머리를 손으로 짚다가 엄마가 좋아하는 머그잔을 팔꿈치로 건드려 식탁에서 떨어뜨렸다. 깨진 조각들이 바닥에 흩뿌려지며 오목한 파편 하나가 요란스러운 소리를 냈다. 내가 초등학교 때 색칠한 머그잔 가운데 하나였다. 지금은 희미해졌지만, 노란 바탕에 작은 분홍색과 자주색 점들이 잔뜩 찍혀 있었다.

"아…, 못 말려!"

글로리아가 말했다.

"자, 글로리아, 일 분 뒤에 치웁시다. 내가 주전자를 올려놓을 테니 당신은 우리 둘이 마실 진한 차를 맛있게 타요. 괜찮을 거야."

이제 부엌문이 열려 있었으므로 나는 두 사람에게서 떠나기로 결정하고, 조심스레 깨진 사기 조각들을 피해 복도로 휠체어를 몰았다.

'어디 있어, 제이크?'

바로 그 순간 내 생각을 듣기라도 한 듯 제이크가 방문을 열고 나왔다. 나는 제이크가 계단을 내려오는 걸 지켜보았다. 제이크의 얼굴은 불같았고, 내게 눈길도 주지 않았다.

"에이크?"

제이크가 계단 맨 밑에 이르자 내가 불렀다.

"비켜, 해리엇."

제이크가 휠체어를 밀어제치며 으르렁거렸다. 제이크는 코트를 움켜쥐고 집 밖으로 뛰어나갔다. 문이 쾅 닫히면서 복도가 덜덜 떨렸다.

글로리아가 서둘러 부엌에서 나와 제이크를 따라 나갔다.

"제이크!"

"저, 나가요."

제이크가 진입로에서 고함쳤다.

"그래, 알았다. 나중에 보자."

글로리아가 부드럽게 문을 닫고 들어왔다.

"당연히, 친구들을 만나고 싶겠지?"

글로리아는 나를 지나 부엌으로 돌아갔다.

"물론이지. 돌아올 거야."

앨런이 말했다.

'멋지군! 이제 난 누구랑 이야기해야 해?'

나는 내 방으로 가서 옛날 DVD 중에서 〈미녀와 야수〉를 골랐다. 좀 유치했지만, 위로가 되었다.

'내게는 어떤 마녀가 마법을 건 걸까?'

그런 생각을 하며 안락의자 속으로 기어들어 가 신발을 벗어 던졌다.

15장

글로리아는 내 방문을 가볍게 두드리고는 차마 해야 할 일을 맞닥뜨릴 수 없다는 듯이 게처럼 옆으로 걸어 들어왔다.

"텔레비전을 끄고 침대로 데려다줄게."

글로리아는 텔레비전을 껐다.

영화는 10분밖에 남지 않았다. 그냥 켜 놓을 수는 없는 걸까?

"자, 이제 뭘 해야 하지?"

나는 휠체어를 가리켰다.

"그렇군."

글로리아는 마음을 다잡는 것처럼 보였다. 어색한 걸음으로 다가와 손을 뻗어 내 다리를 바닥에 내려놓았다. 나는 글로리아의 의도를 깨닫고 똑바로 서려고 애를 썼다.

"어…, 좋아. 어떻게 널 일으키면 되니? 내가 뭘 해야 하는지는 알겠는데."

"잠깐!"

내가 말했다.

글로리아는 내가 말했다는 걸 깨닫지도 못하고, 내 두 손을 잡고 끌어 올리려고 애를 썼다. 하지만 내 발은 바닥에 서지 못하고 미끄러졌다.

'도와줘요!'

"이건 안 될 것 같구나."

글로리아가 외쳤다.

몸 아래쪽 다리가 미끄러지고 있는데 글로리아는 나의 손목을 잡고 끌어당기고 있었다. 나는 완전히 글로리아가 하는 대로 두어야 했다. 글로리아는 나를 치켜올리며 가까스로 내 엉덩이를 안락의자 가장자리에 위태롭게 걸터앉혔다.

"못하겠다. 난 너를 들어 올릴 만한 힘이 없구나."

'날 들어 올리면 안 돼요.'

"어떻게 해야 하지?"

글로리아는 여전히 자기 몸으로 나를 간신히 의자에 붙들어 두고 있었다. 나는 겁이 나서 몸이 굳었다. 점점 미끄러져 내려가고 있었다. 만약 바닥에 떨어지면 어떻게 될까? 분명히 절대 일어서지 못할 거다. 왜 글로리아는 내가 스스로 휠체어에 들어갈 때까지 그냥 기다리지 않는 걸까?

"앨런, 빨리 와요."

글로리아가 소리쳤다. 글로리아가 체중을 이동시키자 나는 바닥을 향해 미끄러지기 시작했다. 글로리아는 나를 붙들려고 나의 팔을 잡아당겼다.

"어서요! 앨런!"

"대체 무슨…? 당신 때문에 심장마비 오겠어."

앨런이 방으로 뛰어들며 외쳤다.

앨런이 걸음을 딱 멈추며 믿을 수 없다는 듯이 우리를 바라보았다. 글로리아는 바닥에서 불과 10센티미터밖에 떨어지지 않은 나를 다시 끌어 올리려고 내 팔을 잡아당기고 있었다.

"그렇게 하다가는 아이 팔을 부러뜨릴 거야! 아이를 바닥에 내려놓아요. 어서!"

"확실해?"

"걱정 마. 내가 다시 일으켜 세울 테니."

글로리아는 안도한 듯 보였고, 살며시 내가 바닥으로 미끄러져 내려갈 수 있게 했다. 앨런이 내 옆에 웅크리고 앉자 글로리아는 뒤로 물러섰다.

"괜찮니?"

앨런이 물었다.

나는 긴장된, 희미한 미소를 지었다.

"내가 도와줄게."

앨런이 말했다. 한 팔은 내 등 아래에, 다른 팔은 다리 아래에 조심스레 밀어 넣고 나를 들어 안락의자에 다시 내려놓았다.

팔을 허리에 대고 지켜보던 글로리아가 말했다.

"고마워."

글로리아는 깨달았다.

"오 이런! 난 아이를 휠체어에 앉히려고 했었어."

"괜찮아. 내가 대신 데려다줄게."

앨런이 다시 허리를 굽히며 말했다. 앨런에게서 섬유유연제와 퀴퀴한 담배 냄새가 났다. 스카프가 내 코를 간질였다.

"잠깐!"

내가 말했다.

"가만. 아이가 맨 처음 어떻게 휠체어에서 나왔지?"

앨런이 자세를 바로 하며 물었다.

"무슨 뜻이야?"

글로리아가 물었다.

"당신이 아이를 안락의자에 앉혔어?"

앨런이 짜증 어린 목소리로 물었다.

"아니. 아마 제이크가 했을걸."

"바보 같으니, 제이크는 밖에 나갔잖아."

둘은 한동안 잠자코 있었다.

"혼자 휠체어에서 나왔니?"

앨런이 물었다.

나는 고개를 끄덕였다.

"그렇다면 혼자 다시 앉을 수 있다는 뜻이냐?"

'네!'

나는 마음이 놓였다. 도와주려고 하는 건 아무 소용이 없었다. 그러기엔 난 너무 컸다.

글로리아가 내 책상 위에 주저앉았다.

"그 말을 할 수 없다니 딱하네."

글로리아가 한숨을 쉬었다.

"말할 수 있을지도 몰라. 물어보면 말이야."

앨런이 말을 잘랐다.

"두 사람한테 맡겨 둘게. 그래도 되지?"

글로리아는 고개를 떨궜고 앨런은 방을 떠났다.

"좋아. 그럼 어떻게 하는지 보여 주렴, 해리엇."

글로리아는 창피해하는 얼굴로 말했다.

나는 아직 몸이 떨렸지만, 간신히 몸을 휠체어 안으로 끌어올렸다. 글로리아는 매우 조용했다. 한마디도 하지 않고 나를 따라 침실 밖으로 나왔다. 나는 욕실 밖에 있으라고 손짓을 하고 혼자 안으로 들어갔다. 볼일 보는 모습을 글로리아가 지켜보는 걸 견딜 수 없어서였다. 10분 후 욕실에서 나오자 글로리아는 여전히 아까 그 자리에서 말썽쟁이 여학생처럼 두 손을 비틀며 기다리고 있었다. 글로리아는 나를 따라 내 방으로 돌아왔고 서랍장에서 깨끗한 잠옷을 찾는 동안 거치적거렸다. 나는 힘겹게 상의를 벗은 다음 글로리아에게 몸짓으로 '넥타이와 셔츠를 벗겨 달라'고 했다.

글로리아는 고분고분 넥타이와 단추를 풀어 주었고, 나는 잠옷을 머리 위로 들씌워 입은 다음 침대 옆에 서서 혼자 고군분투하며 타이츠를 벗었다. 절대적으로 필요한 게 아니면 글로리아의 도움을 받지 않았다.

글로리아는 이불을 젖혀 주었고 나는 침대로 올라갔다. 우리는 서로 쳐다보지 못했다.

"잘 자라, 해리엇."

글로리아가 중얼거리며 방을 나갔다. 나는 어둠 속을 응시했다.

내 평생 최악의 저녁이었다! 아빠에게 화가 났고, 엄마가 걱정되었고, 글로리아 때문에 당황하고 완전히 기진맥진했다. 이 모든 감정을 지닌 채 나는 곧바로 잠이 들었다.

16장

다음 날 아침 일찍 잠이 깼다. 바람이 바깥 헛간 문을 때리고 있었다. 줄기차게 쾅, 쾅, 쾅…. 아빠라면 성질을 냈을 거다. 하지만 아빠는 없었다. 엄마도 없었다. 글로리아와 앨런만 있었다. 글로리아를 생각하자 민망함과 좌절감이 밀려왔지만 잊기로 마음먹었다. 지난밤 제이크는 언제 들어왔는지 궁금했다. 들어오는 소리를 듣지 못했는데, 어디 갔었을까? 가까이 사는 학교 친구는 앤디뿐이었다. 앤디는 대개 제이크와 함께 학교에서 걸어왔고 때때로 우리 집에 들렀고, 종종 하리보 한 봉지를 갖고 와 내게 주었다. 제이크와 앤디는 차고에 가서 아빠의 드럼 키트로 즉흥 연주를 하는 걸 좋아했다. 하지만 앤디 엄마는 엄격해서 차를 마신 뒤에는 숙제를 해야 했다. 그러니 제이크는 거기 갈 수 없었을 거다.

1교시는 역사였다. 나는 숙제를 하지 못했다. 침대 옆 시계를 보니 6시 반밖에 되지 않았지만 일어나기로 했다. 누워 있어 봤자 걱정밖에 하지 않을 거다. 나는 휠체어로 기어 들어가 어깨에 담요를 두르고 컴퓨터로 갔다. 컴퓨터가 켜지는 동안 앤디를 생각했다. 앤디는 근사했다. 내가 열여덟 살 생일이 되기 전에 앤디가 나와 사랑에 빠질 수 있다면 마녀의 주문이 풀릴지도 모른다. 나는 아름다운 검은 머리 공주가 될 거고 우리는 그 후로 쭉 행복하게 살 거다. 나는 컴퓨터에서 휠체어를 뒤로 밀고 손잡이를 오른쪽으로 눌러 무도회장의 미녀처럼 제자리에서 돌았다.

컴퓨터가 켜졌고 나는 한숨을 쉬며 화면 앞에서 멈추었다. 구글에 '헨리 8세'를 쳤다. 헨리 8세는 아내가 많았지만, 아이도 많았다는 걸 발견하고 놀랐다. 나는 헨리 8세의 아내들 이름과 운명을 복사해서 워드 문서에 붙였다. 거기에는 자녀들의 목록도 있었다. 모두 열한 명의 아이가 있었는데 여덟 명은 태어난 지 두 달을 못 넘기고 죽었고, 메리와 엘리자베스, 그리고 에드워드라는 이름의 아들 하나만 남았다.

만약 내가 1500년대에 태어났더라면 처음 두 달을 못 넘기고 죽었을까? 커다란 검은색 앨범 사진을 생각했다. 하룻밤도 버티지 못했을지도 모른다. 그 생각을 하자 등골이 오싹했다.

숙제를 프린트하고 책가방을 챙긴 뒤, 이메일을 확인하기로 했다. 남아프리카에 사는 웬디 이모에게서 메일이 와 있었다.

> 해리엇. 엄마가 병원에 입원했다는 소식을 들었어. 이런
> 때는 너희들과 더 가까이 살았으면 좋겠다는 생각이 들
> 어. 엄마는 곧 퇴원하실 거야. 아빠도 너희에게 아주 잘
> 해 주시고. 모든 것이 잘될 거야. 내가 할 수 있는 일이
> 있다면 알려 줄 거지, 해리엇? 엄마가 어떤지도 알려
> 주고.
> 아주 많이 사랑해… 찐한 뽀뽀와 함께, 웬디 이모가.
> 추신: 보내려 했던 사촌들 사진을 첨부할게.

첨부 파일을 클릭했다. 대런과 키어스턴이 수영장에서 손을
흔들고 있었다. 키어스턴은 겨우 네 살인데 벌써 수영을 할 줄
알았다. 이번 방학 때 케이프타운으로 이모네를 방문할 수 있
을까? 웬디 이모는 영국에 아주 자주 왔지만, 내가 남아프리카
에 여행하는 것은 이번이 처음이었다. 제이크와 나는 방학에
가기로 한 제대로 된 해외 가족 여행에 정말 기대를 하고 있었
다. 비행기표는 이미 부엌 알림판에 핀으로 꽂혀 있었다.

나는 답장을 클릭하고 메시지를 입력했다.

웬디 이모. 이모는 믿기지 않을 거예요. 아빠는 일 때문에 멀리 출장을 갔어요. 글로리아가 우리를 돌봐 주는데, 끔찍해요. 글로리아는 어제 나를 바닥에 떨어뜨렸고, 내가 3학년 때 엄마에게 만들어 준 머그잔을 박살 내 버렸어요. 어떻게 해야 할지 모르겠어요.

이모를 사랑하는 조카 해리엇 메리 해리스 올림.

나는 보내기 버튼을 누르고 웬디 이모가 다음 비행기로 영국에 오기를 기도했다.

이제 8시가 다 되어 갔다. 바람은 여전히 밖에서 울부짖으며 빗줄기를 창문에 후려치고 있었다. 지금쯤 글로리아는 일어났을 거다. 나는 컴퓨터를 끄고 복도로 갔다. 손님방 방문 뒤에서 자명종이 애절하게 울리는 소리가 들렸지만 다른 기척은 없었다. 글로리아는 귀가 먹었나? 욕실로 가서 이를 닦다가 거울에 비친 내 모습을 보니 엉망이었다. 세수를 해도 별 도움은 되지 않았다.

욕실에서 나오니 글로리아가 가운을 여미며 급히 손님방에서 나오는 중이었다.

"아, 일어났구나. 제이크는 어디 있니… 제이크! 시간 봤니?"

글로리아가 외쳤다.

글로리아는 나를 따라 부엌으로 들어오더니 찬장 문을 쿵쾅거리며 여닫았다.

"시리얼을 먹으면 되겠다. 빠르고 손쉬우니까. 어디 있더라? 이렇게 이른 아침이라니! 나이가 느껴지기 시작하는구나."

가루밖에 없는 라이스 크리스피 상자를 글로리아는 내던져 버렸다.

"위타빅스를 먹어야 할 것 같구나."

'웩.'

그 맛없는 통밀 시리얼 비스킷. 글로리아는 두 개를 볼에 넣고 우유를 부은 다음, 숟가락을 꽂아 식탁 위 내 코 아래에다 밀쳐놓고 비틀거리며 부엌을 나갔다. 대체 누가 슬리퍼에 뒷굽을 달 생각을 했을까? 나는 입맛 떨어지는 위타빅스를 바라보았다. 그래도 먹어야 할 거다. 배가 고파 죽을 지경이었다.

"제이크…, 제이크…, 늦겠다. 어서 일어나! 학교 가야지."

글로리아가 간신히 제이크를 아래층으로 내려오게 했을 때쯤 나는 위타빅스를 다 먹었다. 제이크는 부엌으로 들어오며 나를 노려보았다.

"괜찮아, 에이크?"

"닥쳐, 해리엇."

제이크가 대답했다.

이런 식으로 말하는 게 제이크로서도 괴로웠을 거다. 보통 때의 제이크는 까칠하지 않았다. 우리는 언제나 남매일 뿐만 아니라 친구이기도 했다.

"내가… 뭘?"

"나 좀 내버려 둬."

"서둘러라, 제이크. 시리얼 좀 줄게. 위타빅스밖에 없어."

"아무것도 먹고 싶지 않아요."

"뭘 좀 먹어야지, 얘야."

"내 아침은 내가 알아서 할게요."

"알았다. 너무 걱정 마. 엄마는 괜찮을 거야. 두고 봐, 내 말이 맞을 테니."

제이크가 끙 짜증을 냈다.

"자, 해리엇, 가서 옷 입자."

글로리아의 눈은 뭔가 켕기는 구석이 있는 듯했다. 글로리아는 난감해하고 있었다. 내가 옷을 입도록 도와주는 게 두려운 걸 거다. 나도 두려웠다. 어디 딴 곳에 있었으면 좋겠다고 생각하며 가능한 한 계속 두 눈을 감고 있었다.

샘이 초인종을 눌렀을 때 제이크는 막 떠난 참이었다. 아마 제이크는 학교에 늦을 거다.

"오, 맙소사, 내 몰골 좀 봐. 화장도 안 하고 문을 열다니 믿을 수 없어. 이러면 절대 안 되는데…."

글로리아가 서둘러 내 방에서 나가며 말했다.

"미안해요, 젊은이. 아직 준비가 안 됐어요. 머리만 빗겨 주
면 돼요. 일 분만 기다려 주세요. 미안해요. 일 분이에요."

글로리아가 벌써 내 방으로 다시 돌아온 것을 보면 대답을
기대하지 않은 게 분명했다.

"저 참견쟁이, 이름이 뭐더라, 옆집 여자! 커튼이 늘 살짝살
짝 당겨지더라."

'적어도 흑멧돼지 여사에 대해선 우리 의견이 일치하네.'

나는 히죽 쓴웃음을 지었다.

"그리고 내 머리! 내일은 더 일찍 일어나야겠어."

17장

샬럿과 교실로 가니 다른 아이들은 이미 밖으로 쏟아져 나오고 있었다.

"죄송해요, 젠킨스 선생님. 해리엇이 늦었어요."

샬럿이 선생님을 향해 속눈썹을 깜박거리며 말했다. 샬럿은 항상 마스카라를 한 것처럼 보였지만, 야단을 맞은 적은 없었다.

"이틀 연속이야, 해리엇! 무슨 일이니? 점점 더 늦는 것 같구나."

나는 어깨를 으쓱하고 얼굴에서 빗물을 문질렀다. 미니버스에서 내리자마자 흠뻑 젖었던 거다.

"다 너무 버거운 거 아니냐, 해리엇? 둘 다 수업에 가거라. 수업까지 늦을 필요는 없으니까."

우리가 역사 교실에 갔을 때 올컷 선생님이 보통 때처럼 학습 부진아 책상 선생님 자리에 앉아 있는 걸 보고 실망했다.

"아, 왔구나."

책상 옆 공간에 휠체어를 주차하자 올컷 선생님이 말했다.

"어제는 미안했어. 아들이 정원 담에서 떨어져 팔이 부러졌 거든. 계속 병원에 있었단다…. 잘 지냈니? 함께 조사할 게 있 었니?"

'아뇨.'

"말로 해, 해리엇."

"아뇨."

괴롭게도 내게 말 시키라는 몰리 말을 기억하고 있었다.

"자, 여러분, 모두 앉으세요."

플럼버 역사 선생님이 왕관을 쓰고 커다란 검은 수염을 달 고 교실로 성큼성큼 걸어 들어왔다.

"나는 여러분의 왕 헨리 튜더다."

선생님의 거대한 배는 이미 적절한 모양을 하고 있었다.

"왕비가 몇 사람 필요한데… 이리 와라, 코디. 네가 일 번 왕 비를 하기로 하자. 멋진 머리 장식을 찾아보자. 이 벨벳 천은 어떠냐?"

선생님은 책상 옆 소품 상자에서 긴 자주색 천을 끌어 올리 며 말했다.

"이 왕비 이름을 말할 수 있는 사람?"

플럼버 선생님은 늘 이런 식이었다. 모두 일어나 역사 수업을 행동으로 옮기게 하는 아마추어 연극을 좋아했다. 선생님은 나를 교실 앞으로 나와 헨리의 다섯 번째 아내인 캐서린 하워드가 되게 했다. 그건 내가 참수된다는 걸 의미했다. 플럼버 선생님은 윌을 나오게 해서 내 목을 자르게 했다. 그런 다음 회색 실크 베일을 내 얼굴에 씌워 내 머리가 더 이상 보이지 않게 하고 말했다.

"감쪽같이 없어졌군!"

모두들 웃었다.

"재미있었어. 플럼버 선생님은 괴짜야."

교실로 돌아가 쉬는 시간을 갖기 위해 위층 복도를 따라 엘리베이터로 갈 때 샬럿이 말했다.

'그래. 재미있었어.'

나는 싱긋 웃었다.

샬럿이 내 어깨에 손을 얹으며 갑자기 걸음을 멈췄다. 나도 멈췄다.

"쳐다보지 마. 9학년 트리스탄이야. 완전 멋있어."

9학년 학생들이 프랑스어 1 교실로 들어가려고 기다리고 있는 걸 보니 그곳이 분명히 그들 교실이었다.

'누구?'

나는 호기심 어린 눈으로 샬럿을 쳐다보았다.

"금발. 윗머리에 컬을 한 애."

샬럿이 속삭였다.

"우리 못 본 척하자. 한마디도 하지 마."

샬럿이 킥킥 웃었다.

"좀 바보 같은 말을 했다. 너, 누구한테도 말 안 할 거지? 믿어도 되지?"

나는 미소를 지었고 우리는 다시 움직이기 시작했다. 보통 나는 남자아이들 얼굴을 똑바로 쳐다보지는 않지만, 셔츠 입은 모습을 보면 많은 것을 안다. (그렇다고 목을 길게 빼어 빤히 쳐다보았다는 뜻은 아니다.) 바지에 셔츠를 깔끔하게 넣은 데다, 이게 더 나쁜데, 상의 단추까지 다 채우고 있으면, 나는 신경도 쓰지 않았다. 그런데 마치 신분의 상징처럼 셔츠를 바깥으로 내놓고 입은 아이들이 있었다. '나, 아주 쿨하거든.'이라는 뜻이었다. 내가 관심을 갖는 건 셔츠가 일부 삐져나오게 입은 아이들이었다. 자신의 모습이 어떻게 보이든 상관하지 않거나, 원래는 깔끔하고 단정한데 어쩌다 그런 모습이 걸렸거나 둘 중 하나로, 양쪽 다 무의식적이었다. 하지만 어떤 아이들은 순수한 반항으로 그렇게 입었다. 그들은 '쿨내'나 '범생이'와 다르려고 의도적으로 애를 썼다. 내가 좋아하는 아이들이었다. 또 다른 단서는 걸음걸이였다. 범생이들은 미안한 듯 발을 끌며 걸었고, 쿨내들은 뽐내듯 활보했다. 하지만 반항아들은 걸음걸이가 더 단호하면서 남의 시선을 덜 의식했다. 그들은 대개 성큼성큼 걸었다.

트리스탄은 반항아처럼 보였다. 아주 잘생겼음을 인정하지 않을 수 없었지만, 자신의 외모에 신경 쓰는 것처럼 보이지 않았다. 내가 너무 싫어하는 '나 좀 봐.' 하고 과시하는 행동을 전혀 하지 않았다. 그런 식으로 폼 잡는 건 모두 내 신경을 건드렸다.

"다른 수업이 플럼버 선생님 역사 시간처럼 쿨하지 못해서 아쉬워."

샬럿이 말했다. 하지만 마음은 여전히 트리스탄에게 가 있는 것이 분명했다.

그런데 재앙이 닥쳤다. 내 휠체어가 덜커덕거리더니 멈춘 거다. 나는 여전히 복도를 걸어가며 말을 계속하고 있는 샬럿을 지켜보았다. 샬럿은 내가 뒤에 남겨진 것을 깨닫지 못하고 있었다. 나는 절망감에서 휠체어 팔걸이를 쿵 하고 내리쳤다.

'좀 움직여…'

트리스탄과 그 일행이 9학년 교실 밖에서 어정거리고 있었다. 샬럿이 교실 앞에 이르자 그들 중 두셋이 서로 쿡쿡 찔렀다. 그들은 감탄하는 눈으로 샬럿을 쳐다보았다.

"너, 샬럿, 맞지?"

트리스탄이 물었다.

샬럿이 걸음을 멈췄다.

"누구, 나?"

"무슨 혼잣말을 그렇게 해?"

트리스탄의 친구들이 모두 웃었다.

샬럿은 얼굴이 새빨개져서 돌아다보았다. 믿을 수가 없었다. 샬럿은 9학년 아이들이 자신을 비웃었기 때문에 내게 화가 났을 거다. 모두 내 멍청한 휠체어 때문이었다.

"무, 무슨 일이야?"

샬럿이 다가오며 말을 더듬었다.

'몰라.'

나는 휠체어가 움직이지 않는다는 걸 보여 주려고 손잡이를 앞뒤로 움직였다. 이런 일은 전에는 한 번도 없었다.

샬럿이 허리를 구부리고 직접 손잡이를 움직여 보았다.

"믿을 수 없어. 트리스탄이 내 이름을 알아! 어떻게 내 이름을 아는 걸까?"

샬럿이 속삭였다.

나는 샬럿의 어깨 너머를 바라보았다. 트리스탄이 우리를 향해 걸어오고 있었다. 반항아가 확실했다.

"쉿."

내가 경고했다.

샬럿은 나를 바라보더니 내 시선을 따라갔다. 의심할 여지가 없었다. 트리스탄은 우리를 향해 똑바로 오고 있었다. 샬럿이 몸을 일으켰다.

"뭐 잘못됐어?"

"어…, 잘 모르겠어…. 해리엇의 휠체어가 그냥 멈춰 버렸어."

트리스탄이 휠체어 주위를 걸었다. 샬럿의 취향은 좋았다.

"이 빨간 불빛은 뭐야?"

트리스탄이 물었다.

배터리! 지난밤에 아무도 배터리를 충전하지 않았다.

"해리엇?"

샬럿이 물었다.

"배터리."

나는 가능한 한 조심스럽게 말했다.

"배터리!"

샬럿이 말했다.

"예비 배터리 있어?"

트리스탄이 물었다.

'아니.'

트리스탄이 휠체어 등을 살펴보았다.

"그럼 수동으로 밀어야 할 거야. 내 생각에… 이거 같아….'"

"어…, 알았어."

샬럿이 말했다.

"준비됐니, 해리엇?"

나는 고개를 끄덕였다.

"곧장 영어 교실로 가는 게 좋겠어."

샬럿이 휠체어를 돌리며 말했다. 우리는 건물 반대편 끝으로 가야 했다.

"저, 고마워…. 트리스탄."

트리스탄이 주춤했다. 이번에는 트리스탄 얼굴이 빨개질 차례였다.

"뭘. 다음에 보자."

트리스탄이 말했다.

18장

모퉁이를 돌아 트리스탄이 우리를 볼 수 없게 되자 다행히도 샬럿은 속도를 늦추었다. 나는 누가 밀어 주는 데 익숙지 않아서 통제력을 잃은 느낌이었다.

"생긴 것만큼 귀엽다."

샬럿이 속마음을 쏟아 냈다.

나는 고개를 끄덕였다.

"곧장 영어 교실로 가서 마음 상한 거 아니지? 다들 보는데 차마 프랑스어 교실을 지나갈 수 없었어."

나는 샬럿을 돌아보며 괜찮다는 미소를 지었다. 샬럿이 내게 화내지 않아서 기쁘기만 했다.

"적어도 코디나 다른 애들한테는 말 안 할 거지? 걔들은 내가 9학년 누군가를 좋아한다는 걸 몰라. 우리 반 남자애들은 너무 아기 같아…. 윌은 괜찮은데, 너무 자신만만해…."

영어 교실은 제이크네 교실이었다. 2교시 종이 아직 울리지 않아서인지, 대부분 여전히 나가지 않고 옹기종기 무리 지어 잡담을 하고 있었다. 제이크는 책상에 걸터앉아 카메론과 대화에 깊이 빠져 있었다. 카메론은 주머니에 손을 넣은 채 다른 책상에 몸을 기대고 있었다. 카메론은 제이크보다 훨씬 컸다.

"영어는 언제나처럼 따분할 거야."

샬럿이 말을 계속했다.

"화이트 선생님은 너무 재미없어."

제이크는 카메론에게 뭔가를 설명하려고 애를 쓰더니 주머니를 전부 비워 보였다. 둘은 제이크가 손에 올려놓은 2파운드 동전을 놓고 입씨름을 했다. 결국 제이크는 그 동전을 카메론에게 주었다. 그건 점심 사 먹을 돈이었다.

종이 울리고 제이크네 반 학생들이 교실 밖 복도로 우르르 쏟아져 나왔다. 샬럿은 그들이 나올 수 있도록 휠체어를 조금 뒤쪽으로 뺐다. 제이크가 지나가자 나는 손을 뻗어 제이크의 팔을 건드렸다. 제이크는 홱 비켜서며 툴툴거렸다. 심지어 나를 바라보지도 않았다.

"네 오빠야?"

샬럿이 나를 빈 교실로 밀며 물었다.

나는 고개를 끄덕였다.

"왜 저래?"

'몰라.'

나는 어깨를 으쓱했다.

"여기가 네 책상 맞지? 의자 치워 줄게."

샬럿은 남는 의자를 옮겨 놓고 나를 책상으로 밀었다.

"내 이름을 알다니 아직도 믿기지 않아."

샬럿이 아득히 바라보는 눈으로 말하며 내 옆자리에 털썩 주저앉았다.

"혹시 날 좋아하는 걸까?"

나는 얼굴을 찌푸리고 천천히 고개를 위아래로 끄덕였다.

'아마도.'

"안녕, 얘들아. 영어 공부를 무척 좋아하나 보구나!"

올컷 선생님이 교실로 들어오며 말했다.

"조금요."

샬럿이 내게 윙크를 하며 말했다.

"해리엇 휠체어의 배터리가 나갔어요."

"이런. 그럼 네가 밀고 온 거니?"

샬럿이 고개를 끄덕였다.

"점심시간이 문제로구나."

올컷 선생님이 곰곰 생각했다.

"다른 친구에게 시켜 볼까?"

"아뇨. 괜찮아요. 우리끼리 해낼 수 있을 것 같아요."

'고마워.'

난 샬럿에게 미소를 지었다.

누가 밀어 주어야 다닐 수 있다는 건 묘한 기분이었다. 내가 가졌던 작은 독립성을 포기하는 건 끔찍했지만, 적어도 점심 시간에 함께 시간을 보낼 누군가가 있다는 뜻이었다. 코디와 테아, 앨리스도 함께 있었지만 그들은 나를 대화에 끼워 주려 고 애쓰지 않았다. (아무튼 내가 별 할 말이 없는 패션에 대한 이야기가 대부분이었다. 타이트 진이나 미니스커트는 정확히 내가 입는 옷이 아니었다.) 샬럿은 노력했지만 쉽지 않았다.

"몽키 잭스라고 새로 생긴 밴드 좋아하니, 해리엇?"

우리가 점심을 먹으러 줄을 설 때 샬럿이 물었다.

"리드 싱어가 너무 섹시해!"

나는 그들 이름도 들어보지 못했지만 아무튼 좋아하는 척 했다.

수요일에는 7학년이 점심 배식의 마지막 순서였으므로 언제 나 색깔도 맛도 칙칙한 칠리 콘 카르네(고기·콩·칠리 고추로 만 든 매운 요리: 옮긴이)밖에 남아 있지 않았다. 문 근처에 식탁이 있었다. 나는 어쩔 수 없이 지저분하게 먹기 때문에 점심 때 보통 혼자 먹는 자리를 찾았다. 그만큼 나는 남의 시선을 의식했다. 하지만 다른 아이들은 함께 앉아 킥킥 웃고 소곤거리며 식사 시간의 대부분을 보냈다. 아마 남자애들에 대해 이야기할 거다. 내가 막 마지막 칠리를 포크로 떠서 밥알들의 균형을 잡는 데 집중하며 입에 넣으려고 하는데 누군가 뒤에 와서 휠체어를 식탁으로부터 끌어당겼다.

"도는 거 좋아하지?"

그렉이 조롱했다.

내 포크가 바닥으로 쨍그랑 떨어지고 나의 깨끗한 흰 블라우스 위로 소스가 쏟아졌다. 근처 식탁에 앉아 있던 아이들이 뒤를 돌아보았다. 샬럿이 자리에서 벌떡 일어나며 외쳤다.

"가만 좀 둬, 그렉!"

하지만 그렉은 단념하지 않았다.

"나랑 한 바퀴 도는 거 괜찮지, 해리엇?"

"그레고리 피터슨, 무슨 일이냐?"

작달막하고 다부진 체격의 점심시간 감독관인 새커 선생님이 소리를 지르며 서둘러 조리실에서 나왔다. 선생님의 턱 아래 늘어진 살이 귀에 벼룩이 있는 복서 개처럼 흔들렸다.

이제 식당 안의 모두가 쳐다보고 있었다. 나는 얼굴이 화끈거렸다.

"아무것도 아녜요, 선생님. 제가 해리엇을 잠깐 산책시키겠다고 했어요. 배터리가 나갔거든요."

"해리엇, 그렉이 너를 데리고 나가길 바라니?"

나는 고개를 저었다.

"아니에요, 선생님. 제가 돌보고 있어요."

샬럿이 말했다.

"당장 친구를 제자리에 데려다주고 나가서 교장실 앞에 앉아 있어라, 피터슨. 널 교장 선생님한테 보내지 않고 지나가는 주가 어째 한 번도 없는 건지. 대체 왜 그러는 거냐?"

나는 등을 구부리고 무릎을 내려다보면서 모두로부터 얼굴을 숨기려고 했다. 창피해할 사람은 그렉이었지만, 내가 알기로 그렉은 자신을 과시한 것에 자랑스러워하며 얼굴에 함박웃음을 담고 엘리엇 교장 선생님을 만나러 어슬렁어슬렁 걸어갈 거다.

남은 점심시간 내내 엘리엇 교장 선생님이 내 이야기를 들어보자고 부를까 봐 걱정했지만 다행히 그런 일은 일어나지 않았다. 그렉은 식사 후 여느 때처럼 건방지게 교실로 돌아왔다. 트레스콧이 등을 찰싹 치며 격려했다. 나는 그렉을 노려보았다. 캐서린 하워드처럼 목이 잘릴 수는 없는 걸까? 그렉은 아침에 인터넷에서 본 것과 똑같이 거대한 코에 못생긴 얼굴이었다. 나는 헨리의 막내딸인 아홉 살 엘리자베스가 되어 아버지 손에 작은 손을 잡힌 채 계모의 처형을 지켜본다고 상상했다. 도끼가 떨어지자 플럼버 선생님의 회색 실크 조각을 쓴 캐서린(즉 그렉)은….

19장

복도에서 하루의 마지막 종이 울렸다.

"갈까, 해리엇?"

샬럿이 내 어깨맡에서 물었다. 샬럿은 보통 나를 본관 복도에 데려다주고 버스를 타려고 서둘러 나갔다.

나는 자기 물건들을 챙기고 있는 올컷 선생님을 보며 '화장실'이라는 손담을 했다. 집에 갈 때까지 기다릴 방법은 없었다. 올컷 선생님이 보고 있지 않았으므로 선생님의 팔을 건드리고 다시 손담을 했다. 샬럿은 이미 걸음을 떼어 놓고 있었다.

"친구가 화장실에 가야 한대, 샬럿."

올컷 선생님이 말했다.

"버스가 다섯 시에 와요. 기사 아저씨는 기다려 주지 않을 거예요."

"그렇구나. 얼른 가는 게 좋겠다. 내일 보자."

"네, 안녕히 계세요, 올컷 선생님. 안녕, 해리엇, 내일 보자."

샬럿은 머리를 획 돌려 같은 동네에 사는 테아와 팔짱을 끼고 가 버렸다.

"앨리스, 넌 집에 걸어가지?"

올컷 선생님이 목소리를 높여 말했다.

뒤를 돌아보니 앨리스와 코디가 뒤쪽 책상에서 킥킥거리고 있었다. 윌과 마이클이 낮은 목소리로 둘에게 무슨 말을 했다.

"앨리스."

올컷 선생님이 조금 날카롭게 다시 부르자 앨리스가 쳐다보았다.

"네, 선생님?"

"너 집에 걸어서 가지? 버스 타려고 급히 나가지 않아도 되지?"

"네, 선생님."

"해리엇을 화장실에 데려갔다가 주차장으로 나가서 차가 올 때까지 함께 기다려 줄 수 있니?"

"그럴 수 있을 것 같아요."

앨리스가 의자를 밖으로 밀었다가 책상 밑으로 다시 쾅 하고 들여놓는 소리가 들렸다.

"우리랑 같이 걸어갈래, 윌?"

코디가 물었다.

"글쎄…. 오늘 밤 치과에 또 가야 해."

앨리스가 휠체어 등받이를 잡자 올컷 선생님이 말했다.

"앨리스, 오늘은 함께 있어 줄 사람이 필요해. 운전기사에게 배터리가 나갔다고 말해 줘야 할 거야."

앨리스가 쯧 하고 혀를 찼다.

"앨리스?"

"알았어요, 선생님."

"아, 이게 뭐야."

앨리스는 그렇게 말하며 나를 밀어 미술실에서 나와 오른쪽으로 돈 다음 본관 현관 옆 화장실로 향했다.

"너 어디 가, 앨리스? 장애인 화장실로 가야지."

코디가 말했다.

"우리 교실까지 도로 가야 하는 거야?"

앨리스가 신음했다.

"얘들아, 나, 간다. 마이클 오는 거야?"

윌이 물었다.

"응."

"좋아. 내일 보자. 아침 일찍."

앨리스가 상냥하게 말했다.

"아, 짜증 나."

자기들 목소리가 들리지 않는 곳에 이르자 앨리스가 휠체어를 돌리며 말했다.

"정말 귀찮다."

"걔는 완전히…."

코디가 꿈꾸는 목소리로 시작했다.

"원하던 애 얻은 거 처음이야. 마이클이 그렇게 재미없는 애라니 아쉽다."

"우리가 월에 대해 말하면 샬럿이 말을 돌리는 거 눈치챘니?"

앨리스가 화장실에 나를 밀어 넣는 동안 코디가 문을 잡아주면서 물었다.

"내 생각에 샬럿은 월을 떠난 것 같아."

앨리스가 말했다.

문이 등 뒤에서 닫혔다. 한숨이 나왔다. 왜 나는 이토록 화가 났을까? 무시당하는 것에 놀라서는 안 되는데. 중등학교에 와서는 쭉 이런 식이었다. 샬럿만이 나에게 두 마디 이상을 말하려고 애썼다.

앨리스 말이 맞아. 나는 손을 씻으며 생각했다. 난 그냥 귀찮은 존재야.

코디가 나를 밀고 주차장으로 갔다.

"휠체어 무겁네."

코디가 불평했다.

"오, 저기 좀 봐! 운전기사인가 봐."

주차장으로 나가자 코디가 말했다. 샘이 나를 향해 손을 흔들었다.

"꽤 귀엽게 생겼다."

앨리스가 낮은 목소리로 대답했다.

"어떻게 된 거니?"

샘이 물었다.

"배터리가 나갔나 봐요. 우리가 해리엇을 데리고 나오겠다고 한 거예요."

앨리스가 내숭을 떨었다.

"친절하구나."

"아무것도 아닌 걸요, 정말요."

"고맙다. 여기서부터 내가 데려갈게. 할머니께 배터리에 대해 확실히 알려 드려야겠다. 괜찮니, 해리엇?"

*

애프리콧 애비뉴 32호에 차를 댈 때 흑멧돼지 여사가 진입

로 건너 자기 집 마당에 있었다. 약한 햇빛 속에서 정원 일을
하고 있는 척했지만 실제로는 매복이었다.

"얘, 해리엇. 어떻게 지내니?"

흑멧돼지 여사가 클레머티스(흰색·분홍색·자주색의 큰 꽃이 피
는 덩굴식물: 옮긴이)를 떠나 우리 집 문을 열며 말했다. 여사는
허리를 굽히고 반짝이는 눈으로 나를 뚫어지게 바라보았다.

나는 아주 상냥하게 미소를 지으며 생각했다.

'당신 얼굴을 나에게 들이댄다고 해서 하루가 나아지진 않
아요.'

"머리를 그렇게 땋으니 아주 좋아 보이는구나. 보아하니 할
머니가 돌봐 주시던데. 우리 때라면 당연히 리본을 달았을 거
야. 노란색이 어울릴 것 같구나. 다음에 시내에 갈 때 작은 거
하나 찾아봐야겠다. 곧 생일이지?"

'노란색은 아무나 잘 어울리나?'

글로리아와 샘은 현관문 밖에서 수다를 떨고 있었다. 나를
구하러 올 것 같지는 않아 보였다.

"엄마가 없어서 너를 돌봐 주지 못해도 계속 공부 잘해야 한
다. 난 네 엄마한테 뜨개질을 시키라고 계속 말하고 있지. 내가
어렸을 때 이웃 하나가 너처럼 장애가 있었는데, 아주 유용한
것들을 만들었단다. 크리스마스 때 나한테 인형 담요랑 스카프

…. 엄마가 한동안 집에 안 게신다는 말을 들었다. 병원에서 또 기절할 것 같은 기분이 들었다고 하던데…. 이런, 얘야, 바보같이 블라우스를 엉망으로 만들어 놓았구나. 너희 할머니가 세탁보다 더 좋은 걸로 시간을 보내게 할 수 없겠니? 더 조심해야겠다."

흑멧돼지 여사가 내 가슴을 향해 정원용 칼을 단검처럼 휘둘렀다.

"터너 부인, 안녕하세요? 갈까, 해리엇?"

샘이 물었다.

여사는 나를 향해 날카롭고 작은 눈을 번뜩이며 뒤뚱뒤뚱 뒤로 물러났다. 샘은 내가 다시 휠체어에 앉도록 도와주고는 손을 흔들며 차에 올랐다.

"내일 만나요, 여러분. 그리고 배터리 갖고 똑같은 실수를 하지 말아요."

샘이 눈을 반짝이며 말했다.

글로리아는 나를 집 안으로 밀고 들어가 터너 부인의 면전에서 단호하게 문을 닫았다. 나는 목을 길게 빼고 돌아보며 글로리아에게 싱긋 웃었다.

"정말 너무 이상한 여자야. 너한테 뭐라고 입바른 소리 하는 것 같던데!"

글로리아가 말했다.

집 안은 이상할 정도로 고요했다.

"자, 해리엇. 배터리를 충전해야겠구나. 어떻게 하는지 보여 다오."

나는 내 방을 가리켰다.

앨런이 모습을 나타냈다. 텔레비전이 거실에서 웅웅거리고 있었다. 박수갈채와 왁자지껄 웃음소리가 나는 것으로 미루어 토크쇼를 하는 것 같았다.

나는 글로리아에게 배터리 충전 방법을 보여 주었다.

"이런 일이 생겨서 미안하구나. 어젯밤에 말을 해 주지 그랬니."

어젯밤이라는 말을 할 때 글로리아의 목소리에 민망함이 어려 있는 듯했다.

'알아요. 저도 잊었어요.'

"맘에 두지 마라. 샘이 그러는데 두 친구가 휠체어를 밀어 줬다면서."

글로리아가 나가고 이메일을 확인했다. 아무것도 없었다. 나는 텔레비전을 켜고 안락의자에 털썩 들어가 앉았다.

저녁은 길고 조용했다. 여러 번 글로리아가 통화하는 소리가 들린 것 외에는 말소리 하나 없이 빈집 같았다.

7시에 글로리아가 피자 절반과 레모네이드 한 잔을 쟁반에 들고 들어왔다.

"맛있는 피자 조금 가져왔어. 네 방에서 먹으렴."

맛있기야 하겠지만, 엄마랑 아빠랑 제이크랑 부엌에서 먹는, 삶은 콩을 얹은 토스트가 훨씬 맛있었을 거다.

글로리아는 나를 일찍 침대에 눕혔다. 집 안의 정적으로 귀가 먹먹할 지경이었다. 제이크는 9시가 지나 집에 왔는데 곧장 자기 방으로 갔다. 귀를 기울이니, 글로리아가 뭘 먹으라고 제이크를 설득해 보려 했지만 허사인 게 들렸다.

20장

다음 날 아침 일어나니 글로리아가 부엌에서 노래를 부르고 있었다. 빨간 가죽 미니스커트에 가슴골이 드러나는 검은색 스웨터 차림이었다.

'삼월에 저렇게 까맣게 태우다니 좀 야하잖아.'

"아, 해리엇. 오트밀 괜찮니?"

나는 고개를 끄덕였다.

글로리아는 소스 팬을 레인지에서 들어냈다. 연한 회갈색 죽이 활화산처럼 보글보글 김을 내뿜었다. 글로리아는 대기하고 있는 볼에 죽을 덜었다.

"안녕히 주무셨어요? 잘 잤니? 나도 죽 먹을래요."

제이크가 문에서 말했다.

"아, 좋지. 자리에 앉으렴. 갈색 설탕 줄까, 메이플 시럽 줄까?"

제이크는 아침을 먹으면서 기분이 더 좋아진 것 같았지만 두 눈은 경계를 하고 있었다. 내 어깨 너머로 주전자 근처 한 지점을 초조하게 흘낏거렸다. 무엇이 제이크의 주의를 끌었는지 알 수 없었다.

"자, 그럼 얘들아, 오늘 아침에도 시간을 못 맞추는지 보자. 이제 옷 입을 시간이다."

제이크는 죽을 깨끗하게 긁어 먹고 쏜살같이 위층으로 준비하러 갔다.

나는 글로리아와 함께 부엌을 나서면서 주전자 쪽을 흘끗 보았다. 보통 때와 유일하게 다른 점은 조리대 위에 글로리아의 라임그린색 지갑이 놓여 있는 것뿐이었다.

글로리아는 오늘 아침 매우 수다스러웠다. 그 바람에 전에는 엄마 아빠만 도와주었던 일을 글로리아가 도와주고 있다는 사실을 잊어버렸다. 글로리아는 오늘 쇼핑을 하러 갈 거고, 차에 곁들일 특별히 베이컨으로 감싼 치킨을 만들 거고, 〈벨라〉 잡지에서 발견한 초콜릿 롤케이크 새 레시피를 시험해 보고 싶다고 했다. 내가 어떤 채소를 좋아하는지 물었는데, 고개를 끄덕이거나 저을 수 있게 질문하는 요령도 알았다.

제이크는 8시 반에 복도에서 "다녀오겠습니다."라고 소리를 질렀다. 우리 둘 다 오늘은 학교에 늦지 않을 것 같았다.

아직 머리를 해야 했지만 샘이 도착하기 전까지 엄청 시간이 많았다. 전화벨이 울렸고 글로리아는 비틀비틀 부엌으로 갔다. 애정하는 신시아였다. 쇼핑 여행 준비를 마무리하려고 전화한 것이었다. 시간이 째깍째깍 흘렀다. 나는 책가방과 헤어브러시를 집어 들고 부엌으로 글로리아를 쫓아갔지만, 글로리아가 눈치를 채기까지는 여전히 시간이 걸렸다.

"어머나, 내 정신. 신시아, 시간을 봐요! 서둘러야겠어. 해리엇이 또 늦으면 안 돼. 내가 버스를 놓치는 것도. 아홉 시 반에 봐요."

글로리아가 전화기를 내려놓자마자 다시 전화벨이 울렸다.

"여보세요. 리즈, 괜찮니? … 그래, 거의 준비됐어… 친구가 전화했어… 아니, 나한테는 말 안 했어…."

글로리아가 의미 있는 눈으로 나를 바라보았다.

"그럼, 할 수 있지… 아이랑 이야기하고 싶어?"

나는 전화기를 받았다.

"엄마?"

"해리엇, 내 딸, 잘 지내니?"

엄마의 목소리는 아주 멀었다.

"네. 엄만?"

"아직 뭐가 잘못되었는지 알아내지 못했지만, 괜찮을 거야.

걱정하지 마. 주말 동안 모든 것이 안정적이면 월요일이나 화요일쯤 집에 갈 수 있을 거래."

글로리아가 내 머리에서 특별히 고집스레 엉켜 있는 부분을 세게 잡아당겼다. 나는 움찔 놀라 이 사이로 날카롭게 공기를 끌어 들였다.

"미안. 살살 할게."

글로리아가 속삭였다.

"왜 그러니?"

엄마가 물었다.

"머리."

"뭐?"

"머리."

매번 말을 반복해야 하는 건 지치는 일이었다.

"아, 머리? 글로리아가 머리 묶어 주고 있어?"

"음."

"글로리아랑은 잘 지내?"

"… 네."

"좋아. 제이크는 잘 지내? 벌써 학교에 갔을 거 같은데?"

"네."

제이크는 과연 잘 지낼까? 난 엄마를 걱정시키고 싶지도 않왔고, 제이크의 기분이 얼마나 변덕스러운지도 설명할 수 없었다.

"그만 끊는 게 좋겠다. 지각하겠어."

"안녕."

"사랑해…. 해리엇…?"

글로리아가 마지막 방울을 꼬아 넣었다. 목 뒤쪽 잔머리가 땅기며 아팠다.

"네, 엄마?"

"보고 싶다."

나는 전화기를 내려놓았다. 전화로 말하는 건 어려웠다. 진이 빠진다.

초인종이 양철 부딪치는 소리로 비발디를 연주했다. 애프리콧 애비뉴 32호의 전 소유주한테서 물려받은 것인데, 모두들 싫어했다. 그 곡은 고약하고 시끄러운 지니 요정처럼 작은 상자 안에 머물러 있었다. 아빠는 줄곧 집에서 쫓아내겠다고 약속했지만 그럴 시간은 없었다.

"아, 샘!"

글로리아가 호들갑스럽게 문을 열며 말했다.

"보시다시피 다 됐어요. 해리엇의 수영복만 가져오면 돼요."

그래서 엄마가 전화했던 거다. 엄마가 신경 쓰지 않기를 바랐는데. 나는 학교에서 수영하는 게 너무 싫다.

"그래, 엄마는 수영 준비물을 어디 두니?"

나는 어깨를 으쓱했다. 전혀 몰랐다. 목요일 아침마다 현관 옆에 그냥 나와 있었다.

글로리아가 수영복을 찾는 데는 시간이 한참 걸렸다. 샘은 안절부절못하며 계속 시계를 보았다.

"준비됐습니까?"

마침내 글로리아가 의기양양하게 위층에서 손에 수영복과 수건을 들고 나타나자 샘이 물었다. 그건 옛날 수영복이었지만 말하지 않았다.

"거의요. 아이 엄마가 수영 강습료를 챙겨 주라고 했거든요. 지갑이 부엌에 있어요."

"빨리 좀 해 주세요. 제가 늦으면 다음 고객이 몹시 화를 낸 답니다. 길에서 기다리거든요."

"거참 이상하네."

글로리아가 당황한 표정으로 부엌에서 나오며 말했다.

"지갑에 이십 파운드가 확실히 있었는데. 수표를 써야겠어 요."

샘은 불안스레 차 키를 만지작거리며 말했다.

"해리를 차에 태울게요."

글로리아가 한 손에는 수표를 다른 손에는 밀레 백팩을 들고 집 밖으로 나왔다.

"젖은 수영복은 여기 넣으렴. 자, 수영 재미있게 잘하고 나중에 보자. 안녕!"

"이 미니버스가 더 빨리 달리면 좋겠구나."

진입로에서 나오며 샘이 투덜댔다.

"심슨 씨는 정말 성질 고약한 노인네거든. 어제 늦었더니 계속 자기 군대 이야기를 하면서 호통을 치더라."

리장

학교에 도착했는데 현관 로비에 샬럿은 보이지 않았다. 나는 종이 울릴 때까지 기다렸다가 혼자 교실로 갔다. 어쩌면 샬럿의 버스가 늦는지도 몰랐다. 문이 닫혀 있어서 노크를 해야 했다. 본관의 문 대부분은 방화문이라서 내 힘으로 움직이기에는 너무 무거웠다. 젠킨스 선생님이 문을 열었다.

"출석을 부르는 중이야. 얼른 들어와라."

나는 반 아이들의 시선을 느끼며 내 책상으로 갔다.

"좋아. 해리엇."

출석을 다 부르고 젠킨스 선생님이 말했다.

"샬럿은 오늘 안 온 것 같구나. 누구 해리엇 당번을 자원할 사람?"

그렉이 손을 번쩍 들었다.

"넌 아닌 것 같다, 그레고리. 어제 식당에서 좀 낭패스러운 일이 있었잖니."

젠킨스 선생님이 잘라 말했다. 나는 안도했다.

그렉이 천진난만한 꼬마 요정 같은 표정을 지었다.

"그래, 안다. 밀턴 종합 중등학교가 좀 크긴 해도, 소문은 다 퍼진다."

거의 그렉을 칭찬하는 말투였다.

"제가 할게요, 선생님."

쥘리에트가 나섰다.

"고맙다, 쥘리에트. 자, 모두들 수영 재미있게 잘하도록."

젠킨스 선생님이 자기 물건을 챙기며 말했다.

*

풀장은 웅성웅성 시끄러웠고, 강사들의 지시가 풀장을 가로질러 메아리쳤다. 나는 발을 달랑거리며 물가에 앉아 있었다. 나는 아직도 다른 7학년 아이들이 모두 내 팔다리가 얼마나 비쩍 마르고 비틀리고 창백하고 초라한지 보는 것에 익숙해지지 않았다. 그리고 내 가슴은 여덟 살짜리처럼 납작했다. 다른 여자아이들은 이미 작은 봉오리가 자라기 시작했다. 앨리스는 벌써 B컵이라고 탈의실에서 계속 자랑했다.

"해리엇, 들어가 보자."

올컷 선생님과 수영 코치 한 사람이 나를 양쪽에서 들어 올려 물속으로 내렸다. 물이 얼음처럼 차가웠다. 발이 바닥에 닿자 물이 허리 위까지 올라와 몸을 지탱해 주어 서 있을 수 있었다. 아주 좋은 느낌이었다. 일단 물속에 들어오면 거의 정상처럼 느껴졌다. 도움 없이 서 있을 수 있었고 심지어 킥판 같은 걸 붙들면 걸을 수도 있었다. 그리고 물의 굴절 덕분에 다리가 모두 기형으로 보였다.

얕은 물에 있는 아이들은 나 빼고 다섯 명뿐이었다. 팀만 빼면 모두 다른 반 아이들이었다. 팀은 물 밖에서보다 안에서 훨씬 더 하마처럼 보였다. 수영을 하면 온몸이 물속에 잠겼고, 오직 눈과 콧구멍만 수면을 스쳤다.

나는 옷을 갈아입는 데 오래 걸리기 때문에 다른 아이들보다 10분 일찍 수영장에서 나와야 했다. 시간이 채 되기도 전에 두렵기 시작했다. 커다란 금속 호이스트로 들어 올려질 생각을 하니 너무 민망했다. 풀장 가장자리에서 줄을 서서 기다리는 아이들의 눈이 나와 괴물 같은 호이스트에 향할 거고, 익사 직전의 쥐처럼 물에서 끌려가는 모습을 멍하니 구경할 거다.

내가 낚여 올려지고 있는 동안 헨더슨 선생님 반의 닐과 매슈가 물밑으로 쑥 들어가더니 팀의 다리를 밑에서 잡아당기는 게 보였다. 팀은 물밑에서 허우적거리다 캑캑 기침을 하며 올라왔다. 하지만 선생님에게 불평하지 않았다.

*

오후 출석을 부르는데 문이 열리며 엘리엇 교장 선생님이 샬럿과 함께 교실로 들어왔다. 반 아이들이 일어서서 합창했다.

"안녕하세요, 엘리엇 교장 선생님."

"안녕, 7G반 학생들. 앉아요."

교장 선생님이 말했다. 교장 선생님은 젠킨스 선생님을 한쪽으로 데려갔고, 은밀히 이야기할 수 있도록 아이들에게 등을 돌리고 섰다. 교장 선생님은 항상 정장을 입었고 가만히 서 있을 때는 마치 두 손이 나름대로 마음을 가지고 있어서 계속 통제해야 한다는 듯이 뒷짐을 꼭 쥐었다.

샬럿은 자기 자리로 갔다. 끔찍해 보였다. 눈은 빨갰고 창백한 얼굴은 얼룩덜룩 자주색이었다. 머리는 보통 때처럼 뒤로 빗어 땋았지만 얼굴은 눈보라 속을 여행한 것처럼 보였다. 긴 앞머리는 보통 때처럼 한쪽으로 다소곳이 매달려 있는 대신 축축하게 젖어 헝클어져 있었다.

"네, 엘리엇 선생님. 알려 주셔서 고맙습니다. 계속 지켜볼

게요."

젠킨스 선생님이 교장 선생님에게 문을 열어 주며 말했다.

"자, 여러분, 이제 수업하러 가도록. 쥘리에트, 네가 해리엇을 다음 수업에 데리고 갈래? 샬럿과 할 이야기가 있어서."

아이들이 밖으로 나갔다. 샬럿은 혼자 남는 게 내키지 않는 듯했다. 커다란 두 눈이 겁을 먹고 방황하는 듯 보였다.

22장

　음악 선생님은 남자 선생님인데, 너무 커 버린 백조 같았다. 목이 너무 길어 교실에 들어올 때는 고개를 구부려야 했다. 선생님이 교실에 들어와 마치 오케스트라를 지휘하거나 백조가 날개를 펼치듯 과장된 몸짓으로 팔을 활짝 벌렸다. 반 아이들은 즉시 조용해졌다.

　"안녕."

　선생님이 수업을 시작했다.

　"안녕하세요, 존스 선생님."

　반 아이들이 합창했다.

　"날 따라 해 보자."

　존스 선생님이 손바닥으로 리듬을 치자 하얀 셔츠 소매가 부풀었다.

　나는 주의 깊게 듣고 반 아이들과 함께 손뼉을 쳤다.

샬럿이 슬그머니 교실로 들어왔다. 아까와 똑같이 안 좋아 보였지만 지금은 짜증도 난 것 같았다.

"안녕, 샬럿. 들어와서 자리에 앉아라. 우린 방금 기분을 풀려고 간단한 연습을 하던 참이다. 자 모두 다시 나를 따라 하자. 잘 들어 봐."

모두들 존스 선생님이 한 대로 리듬을 쳤다.

"좀 더 어려운 거다!"

이번 프레이즈는 끝 쪽으로 가면서 조금 소리가 작아졌다.

"두 프레이즈를 함께해 보자."

존스 선생님이 눈을 반짝이며 말했다.

길어진 프레이즈가 끝날 무렵에는 약 절반의 아이들이 포기했다. 하지만 나는 쉽게 리듬을 따라갔다.

"다시 한번 연습해 보자."

두세 번 더 하자 반 아이들 대부분이 리듬을 따라 할 수 있었다.

"좋아. 이제 프레이즈를 하나 더 해 보자."

존스 선생님이 종이 한 장을 가까이 끌어당기며 말했다. 새 리듬은 좀 복잡했다. 반 아이들이 신경질적으로 웃었다. 오직 나와 남자애 둘만 끝까지 따라 할 수 있었다.

"잘했다, 너희 세 사람! 누구 전부 다시 한번 들려줄 수 있는 사람?"

선생님은 세 프레이즈를 악보에 따라 차례차례 탁탁 쳤다.

"먼저 해 봐라, 해리엇."

나는 전체 프레이즈를 별 어려움 없이 반복했다.

"아주 잘했다, 해리엇! 필, 해 보겠니?"

필과 스티븐은 둘 다 중간에 헷갈렸다.

"누구 또 해 보고 싶은 사람?"

아무도 움직이지 않았다.

"그럼 해리엇! 네가 일등이다! 모두 박수!"

얼굴이 상기되었다. 내가 리듬을 잘 기억한다는 건 알고 있었지만, 다른 아이들은 나처럼 쉽게 여기지 않는다는 건 전혀 알지 못했었다.

"트레 비엥(아주 훌륭해: 옮긴이)! 해리엇! 멋졌어."

쥘리에트가 나지막이 속삭였다.

"모두 이론 책을 꺼내고 내가 돌아다니며 걷을 테니 숙제를 제출해라."

존스 선생님이 연습 문제지를 나눠 주며 말했다. 선생님은 우아하게, 연못을 헤엄쳐 돌아다니며 물속으로 떠내려온 작은 갈색 오리들을 점검했다. 선생님은 내게로 건너와 책상 위에 놓인 숙제를 가져갔다.

"정말 잘했어, 해리엇. 그건 8학년 프레이즈였거든! 노래는 강점이 아닐지 모르지만 음악에는 확실히 소질이 있어."

정말 대단한 칭찬이었다. 선생님은 내 어깨를 가볍게 두드리고 물장구를 치며 떠나갔다. 그렉이 업신여기는 눈으로 쏘아보았지만, 무시했다. 그런데 올컷 선생님이 두 눈을 빛내며 나를 응시하고 있었다.

"엄마가 아시도록 알림장에다 써야 하지 않을까? 꼭 엄마한테 보여 드려… 사실, 네가 존스 선생님의 문제지를 푸는 동안 교무실에 가서 잠깐 엄마랑 전화를 하고 올까 해. 다른 일에 대해서도 이야기할 것이 있고."

나는 올컷 선생님의 고풍스러운 새까만 블라우스의 소매를 움켜잡았다.

"괜찮아, 해리엇. 너무 걱정하지 마. 좋은 소식이니까. 엄마가 들으시면 정말 기뻐하실 거야."

나는 포기했다. 사정을 설명하기에는 너무 복잡했다. 나는 문제지를 보았지만 집중할 수 없었다. 올컷 선생님은 집에 글로리아가 있는 걸 알게 되겠지? 아마 그럴 거다. 3시가 다 되어 가니까, 글로리아는 아마 초콜릿 롤케이크를 만들기 시작했을 거다.

"자 여러분. 음악실 2에서 가져올 것이 있다. 여러분은 중등학생이니까 아기처럼 돌보미가 필요 없겠지? 조용히 문제를 풀기를 기대한다."

"터너 선생님을 보고 싶은 거야. 삼십 분이나 보지 못했잖아!"

존스 선생님이 교실을 나가자 윌이 아이들에게 말했다.

"야, 우리도 존스 선생님이 터너 선생님을 좋아하는 걸 알아!"

마이클이 말했다.

"그럼 존스 선생님이 게이가 아니라는 말이야?"

트레스콧이 손가락 사이로 연필을 돌리며 음흉하게 웃었다.

반 아이들이 킥킥거리며 서로 소곤댔다.

나는 정말로 올컷 선생님이 우리 집에 무슨 일이 일어나고 있는지 아는 걸 원하지 않았다. 선생님은 내게 말을 시키려고 질문을 해 댈 거다.

그렉이 내 휠체어를 발로 찼다.

"다시 작동하냐? 아쉽네."

나는 그렉을 노려보았다.

"어제 나랑 산책 가고 싶어 하지 않아서 유감이야."

메두사처럼 뱀 머리를 흔들며 한 번 쳐다보는 것으로 녀석을 돌로 만들어 버릴 수 있으면 얼마나 좋을까.

"널 절벽 꼭대기로 데려가 고통에서 빠져나오게 해 줄 수 있었을 텐데 말이지."

나는 눈을 가늘게 뜨고 째려보았다. 그렉이 뱀이었다.

"어디 보자. 수동으로 하려면 어떻게 하지?"

그렉이 휠체어 뒤로 돌아가며 물었다.

"이 버튼인가 보네…."

'꺼져.'

"고장 낼 수 있는지 한번 볼까…."

"저리 가! 내 휠체어 건드리지 마!"

내가 소리쳤다.

학급 전체가 조용해졌다.

"헐! 해리엇 소리였어?!"

윌이 교실 반대편에서 물었다.

"외계인 말 아니었어?"

트레스콧이 웃었다.

"목소리가 저러니 보통 때 말 안 하는 게 당연해. 너 자이보
그 행성에서 온 거야?!"

그렉이 히스테릭하게 큰 목소리로 물었다.

모두들 웃었다.

"그런데 뭐라고 한 거야?"

윌이 킬킬거리며 물었다.

"하느님이나 알겠지."

그렉이 말했다.

샬럿이 벌떡 일어섰다. 의자가 바닥에 탁 부딪치는 소리가 났다. 샬럿의 얼굴은 새빨갰고, 분노로 일그러져 있었다.

"닥쳐! 너희 모두 입 닥쳐. 도무지 참을 수가 없네. 어떻게 웃을 수 있어? 다른 사람의 감정을 아무도 신경 쓰지 않는다는 게 우리 반의 문제야. 그렉, 넌… 넌…."

샬럿이 입을 벌렸다가 닫았다. 마치 아래턱이 제대로 말을 듣지 않는 듯했다. 샬럿은 말을 잇지 못했다.

"그렉, 들었어? 넌…."

트레스콧이 짐짓 믿을 수 없다는 듯이 말했다.

"너희 셋도 나을 건 없어."

샬럿이 손으로 가리고 웃음을 감추려고 애쓰는 자기 친구들을 쏘아보며 말했다.

"존스 선생님을 데려올 거야."

"아이고야! 무서워라!"

그렉의 말에 반 아이들이 킥킥 웃었다.

샬럿은 문을 쾅 닫으며 교실을 뛰쳐나갔다.

"너 야단맞겠다, 그렉."

앨리스가 웃느라 나온 눈물을 닦고 마음을 가라앉히려고

애를 쓰며 말했다.

"누가 신경 쓴대?"

그렉이 턱을 쑥 내밀며 말했다. 그러고는 나를 보며 숨소리 섞인 목소리로 쉭쉭거렸다.

"어디 말해 봐…."

몇몇 아이들이 코웃음을 쳤다.

"말하지 않는 게 나을걸."

트레스콧이 대충 내 목소리를 흉내 내어 지껄였다.

쥘리에트가 얼굴이 잿빛이 되어 일어서며 말했다.

"가자, 해리엇. 나랑 밖으로 나가자."

나는 안도했다. 음악실을 떠날 때 나는 아무도 쳐다보지 않았다. 복도로 나오자 쥘리에트가 몸을 구부려 나를 안으며 내 귀에 대고 속삭였다.

"정말 미안해. 끔찍했어. 그렉, 걔는 돼지야!"

그렉의 머리를 한 돼지를 생각하며 내 입가는 희미한 미소로 씰룩였지만, 얼굴에서는 눈물이 흐르며 쥘리에트의 머리카락 속으로 뚝뚝 떨어졌다.

존스 선생님이 복도 모퉁이를 돌아 급히 걸어왔고 그 옆에서 걸음을 맞추려고 샬럿이 달려왔다. 올컷 선생님이 종종걸음으로 따라왔다.

"해리엇! 괜찮니?"

샬럿이 물었다.

존스 선생님이 성큼성큼 지나가더니 교실 문을 획 비틀어 열었다.

"이게 무슨 일이냐? 생각들이 있는 거냐?"

존스 선생님이 고함쳤다.

오후 나머지 시간은 매우 빨리 지나갔다. 샬럿과 쥘리에트의 동정 어린 속삭임. 올컷 선생님과 존스 선생님의 노여운 실망. 침묵. 내가 다시 음악실로 들어갔을 때 반 아이들의 미안하다는 합창. 그리고 나중에, 엄마가 입원했다는 말을 하지 않은 것에 대한 올컷 선생님의 '조용한 한마디'.

"오늘 무슨 일이 있었는지 할머니께 알려 드리는 쪽지를 쓰는 게 좋을 것 같아."

올컷 선생님이 말했다.

'안 돼요.'

"해리엇, 할머니도 아셔야 해."

나는 격렬하게 고개를 저었다. 조롱당한 걸 글로리아가 안다고 무슨 소용이 있을까?

"알았다. 하지만 아까는 병원에 계신 엄마하고 연락이 닿지 못했어. 나중에 통화할 때 말씀드릴게."

'안 돼요.'

"네 말이 맞을지도 모르겠구나. 엄마는 엄마 일로도 충분히 벅찰 테니까. 하지만 할머니한테는 말씀드리는 게 좋겠어."

23장

"괜찮니, 해리엇?"

내가 차에 타도록 도와주며 샘이 물었다.

"유령을 본 표정이구나."

나는 희미하게 고개를 끄덕이며 먼 곳을 응시했다. 그렉이 트레스콧과 함께 활기차게 교문을 걸어 나오고 있었다. 트레스콧이 그렉의 어깨를 툭 치며 바보 같은 표정에 사팔눈을 하고 뭐라고 말했다. 둘은 두 배로 웃었다.

"에벳과 난 지난밤 멋진 시간을 보냈어."

샘이 찰칵 안전벨트를 매고 시동을 걸며 말했다.

"우린 강을 따라 산책했고 파머스 암스 레스토랑까지 갔어."

나는 온 힘을 다해 미소를 지어 보였다.

'멋져요!'

"네가 에벳을 볼 수 있었으면 좋겠어. 정말 멋지거든. 피부는 벌꿀 같고 두 눈은 너무 깊고 정직한 갈색이야…"

샘은 장황하게 이야기를 늘어놓았다. 적어도 누군가의 삶은 잘되고 있었다.

유리에 비친 내 모습 뒤에서 도시가 깜박깜박 스쳐 지나갔다. 내 삶을 다른 누군가가 살고 있다는 이상한 느낌. 나는 어떤 다른 사람의 쓸모없는 몸속에 실려 있지만 사실 난 완전히 다른 사람이었다. 옛날 노래가 생각났다.

'거울은 결코 진정한 나를 보여 주지 않아.'

샘은 집 옆에 차를 댔다. 글로리아가 매니큐어를 칠한 손에서 거미줄을 닦으며 차고에서 나왔다. 회색 조깅복을 입고 있어서 보통 할머니처럼 보였다.

"해리엇 왔구나."

글로리아가 외쳤다.

"아, 수영 가방도 잊지 않고 가져오다니 잘했네. 샘, 해리엇이 오늘 아주 멋진 하루를 보냈대요. 학교에서 해리엇을 도와주는 올컷 선생님이 전화했답니다. 사랑스러운 분이더군요. 해리엇이 음악 천재인 거 알고 있었나요?"

"글쎄요, 몰랐어요. 하지만 우린 라디오 FTC 재즈 채널을 좋아해요. 그렇지, 해리엇?"

나는 고개를 끄덕였고 샘은 내가 차에서 내리는 걸 도왔다.

"재즈라고! 재미있네! 그거 내 음악이었는데."

글로리아가 내게 준 첫 번째 진짜 미소였다. 하긴, 글로리아
는 내가 첫발을 뗄 때나 우스꽝스러운 말을 할 때 기뻐할 기회
가 한 번도 없었으니까.

"아, 묘안이 떠올랐어! 옛날에 앤서니가 록 드러머로 자처할
때 쓰던 드럼 키트가 차고에 있을 거야. 너희 아빠는 진짜 밴
드를 했단다. 이십 대 초였지. 자신들을 뭐라고 불렀더라? 밀턴
의 미치광이들이던가, 아무튼 그 비슷한 이름이었어."

"정말요? 로커 같은 풍모가 보이긴 해요."

샘이 말했다.

"오, 그 시절 앤서니는 정말 매력적인 청년이었다오."

글로리아의 얼굴이 어두운 밤의 밝은 달처럼 빛났다.

"이 물건들을 깨끗이 닦으려면 먼저 진입로로 끌어와야 하
는데, 손 좀 빌릴 수 있을까요? 아니면 바쁘신지?"

"아, 좋습니다, 글로리아. 오늘 일은 끝났어요."

글로리아는 언제나 익살스럽긴 했지만, 이처럼 쾌활한 모습
은 한 번도 본 적이 없었다. 나도 덩달아 글로리아의 흥분에
휩쓸렸다.

"나도 젊었을 때 가수가 될 수 있었을 거야…. 앨런은 기타
를 연주해요."

샘과 글로리아는 엄마의 미쓰비시 옆에 옹송그리고 있던 드럼 키트를 차고에서 꺼냈다.

"관리가 잘 되어 있구나. 조금만 닦으면 이 거미줄들을 뗄 수 있겠다. 새 거나 다름없을 거야."

글로리아가 말했다.

"그럼, 재미있게 보내, 해리엇."

드럼 키트가 진입로 위로 다 옮겨지자 샘이 차에 오르며 말했다. 나도 손을 흔들어 인사했다.

"내일 보자. 즐겁게 일찍. 잊지 마."

샘이 외쳤다.

"자, 그럼. 우선 휠체어를 자동으로 놓았는지 확인하자. 봐라 …. 나도 이제 다 할 줄 알게 되었지! 이제 걸레를 가져다줄게. 난 씻을 테니 넌 윤이 나게 닦는 거다."

나는 드럼 키트로 가서 손을 뻗어 심벌즈를 쓰다듬었다. 차가웠다. 내 손이 표면의 고운 먼지층에 자국을 남겼다. 글로리아는 분명 내가 아빠의 능력을 타고났기를 바랐겠지만, 내 팔과 손이 언제나 시키는 대로 말을 듣지는 않았다. 내가 할 수 있을까? 커다란 텐트 무대에 서 있는 나를 상상했다. 내가 오프닝 곡을 시작하자 관중들은 무대의 휘황찬란한 하얀색 조명 뒤에서 환호성을 지른다….

"이걸로 닦아라. 저기서 시작하면 되겠다."

글로리아가 말했다.

잿빛 저녁이 더 잿빛으로 고요해졌지만 등에 한기가 이는 것을 거의 알아차리지 못했다. 글로리아는 과거의 음악에 대해 신나게 이야기했다. 놀랍게도 글로리아가 좋아하는 대부분의 음악을 나도 알고 있었다.

우리가 일을 끝내자마자 빗방울이 떨어지기 시작했다.

"딱 때를 맞췄네."

글로리아가 위를 쳐다보며 말했다.

"아, 앨런이 오는구나."

골드윙이 우릉거리며 진입로를 올라와 내 뒤에 멈췄다. 글로리아가 앉는 뒷자리에 기타의 하드 케이스가 있었고, 그 뒤쪽 선반에는 커다란 상자가 있었다.

"이 긴급 메시지는 뭐야?"

앨런이 물으며 헬멧을 벗고 머리를 어깨 위로 흔들어 내렸다.

"네 할머니가 문자를 보냈더구나. '당신 전자 기타 갖고 빨리 와요.' 그 말이 전부였어. 뜬금없이. 그리고 그 드럼 키트는 어디서 난 거야?"

"차고에 있던 거야, 앨런."

글로리아는 까치발을 하고 앨런의 입술에 찐한 키스를 안

156

졌다.

"하늘이 빗방울을 마구 풀어 주기 전에 이걸 집 안으로 옮기도록 도와줘요. 해리엇, 넌 스틱을 가져오렴."

나는 드럼 키트를 집 안으로 옮기는 글로리아와 앨런의 뒤를 따랐다. 윤기 나는 강철 위에 떨어진 빗방울들이 복도의 불빛을 받아 다이아몬드처럼 빛났다.

"어디다 둘까?"

앨런이 물었다.

"곧장 해리엇의 방으로 가요."

글로리아가 대답했다.

우와! 제이크가 샘내겠는걸.

＊

그날 밤 침대에 누웠을 때 내 마음은 음악실을 떠다녔다. 내 평생 그토록 굴욕감을 느낀 적은 한 번도 없었다. 만약 샬럿이나 쥘리에트가 없었다면? 그리고 샬럿에 대해 생각했다. 왜 학교에 그렇게 늦게 왔을까? 무슨 일이 있었을까?

24장

다음 날 아침 눈을 떴을 때 가장 먼저 본 것은 드럼 키트였다. 빨간색과 검은색과 은색. 저절로 미소가 나왔다. 제이크가 없어서 아쉬웠지만 어젯밤은 재미있었다. 예전의 제이크라면 나를 도와주고 격려해 주었을 텐데. 하지만… 엄마가 없으니까 많은 것이 달라졌다. 내 방에 드럼 키트를 둔 것에 엄마는 뭐라고 말할까? 엄마는 절대 제이크가 드럼 키트를 차고에서 꺼내 오지 못하게 했는데. 어쩌면 글로리아가 내 방에 계속 두도록 설득할 수 있을지도 모른다. 그렇게 되면 제이크와 앤디는 저녁 연주를 위해 내 방으로 올 거다.

앨런은 어제 말했다.

"머리로 리듬을 들을 수 있으면 연습하는 것만 남았어."

그러게, 연습을 한다면…. 나는 휠체어에 앉아 어깨에 가운을 걸치고 드럼 앞으로 갔다. 에너지가 솟는 걸 느끼며 드럼을 내리쳤다. 1, 2 그리고 3, 4 이어서 5, 6, 7, 8 쾅! 처음으로 제대로 맞췄다. 나는 또 한 번 시도했다. 머릿속의 소리는 수정처럼 맑았지만 내 왼손은 따라오지 않았다. 나는 시도하고 또 시도했다. 할 수 있었다.

글로리아가 웃으며 내 어깨를 만졌다.

"와서 아침 식사하라고 말했는데. 그러고 있을 시간이 없어. 오늘 아침 샘을 맞을 준비를 해야지, 애야."

나는 스틱을 내려놓고 스네어드럼의 팽팽한 표면을 손으로 쓸어 보았다. 내 평생 처음은 아니지만 그 어느 때보다 더 강하게 오늘이 토요일이기를 바랐다.

부엌에 가니 밀가루에서 달콤한 김이 올라왔다.

"팬케이크야. 골든 시럽?"

글로리아가 물었다.

'네. 주세요.'

"꾸물거리기 없다. 오늘은 정말 늦고 싶지 않아. 우리도 할 수 있다는 걸 보여 줘야 해."

학교! 나는 학교에 가고 싶지 않았다. 다시는. 그 생각을 하니 속이 뒤틀리는 것 같았다. 나는 불가피하게 다가오는 등교 시간을 마음에서 몰아내기 위해 팬케이크의 풍부한 맛과 골든 시럽의 알갱이가 씹히는 질감에 집중하려고 애썼다.

"오빠는 어디 있니?"

글로리아가 또각또각 부엌에서 나와 계단을 올라갔다.

"얘, 제이크… 어서 일어나야지."

검은 연기가 프라이팬에서 뱀처럼 피어올랐고, 전부 화염에 휩싸이기 전에 내가 구하러 가야 하는 건 아닐까 생각했다.

"얼른 와라, 제이크. 학교에 가면 괜찮을 거야."

글로리아가 계단을 내려오며 말했다.

"이런, 내 정신 좀 봐. 팬케이크를 불에 올려 두고 왔네… 저건 곧바로 쓰레기통으로 가야겠다. 괜찮니, 해리엇?"

글로리아가 킥킥 웃었다.

"연기 때문에 네가 보이지 않을 지경이구나. 창문 좀 열자."

글로리아가 블라인드를 잡아당기자 매우 어둡고 습한 아침이 나타났다.

"이제 됐다. 곧 연기가 가실 거야… 이런, 이렇게 험악한 아침을 봤나…. 제이크는 깨닫지 못하지만 난 십 대가 어떤지 잘 알지. 그들의 속임수도 알고. 제이크는 아주 건강해. 조금 일찍 잠자리에 들면 돼. 금요병, 그게 전부야."

나는 글로리아가 팬케이크를 홱 뒤집는 모습을 지켜보며 이어지는 말에 귀를 기울였다. 할머니가 말을 멈춘 적이 있을까?

"제이크가 먹을 팬케이크들 다 구웠다. 일단 오븐에다 넣어

두어야겠다. 앨런과 나는 이따가 아침을 먹을 거야. 난 가서 오빠를 한 번 더 깨울 테니 넌 네 방으로 가렴. 금방 갈게."

8시 반에 준비가 끝났다. 엄마가 입원한 후 처음으로 일찍 준비를 마쳤는데, 하필이면 진심으로 학교에 가고 싶지 않은 아침이었다.

"여기 복도에서 기다리렴."

글로리아가 계단 맨 아래에서 막 여덟 번째로 제이크에게 올라가려고 하면서 말했다.

"아, 제이크 내려왔구나…. 너 좀 봐라! 눈가에 다크서클이 생겼잖니…. 잠이 보약이라고 하잖아."

"전 괜찮아요."

"와서 아침 먹어…. 팬케이크야. 따끈한 게 맛있어. 금방 오븐에서 꺼내 줄게."

"먹고 싶지 않아요."

제이크가 퉁명스레 말하고 휠체어 위로 몸을 기울여 벽 옷걸이에서 코트를 잡아챘다.

"이리 와, 아침을 먹고 나면 기분이 나아질 거다."

"학교에 늦을 거예요."

제이크는 팔꿈치로 휠체어를 밀치며 현관문으로 가려고 했다.

글로리아가 팔을 뻗어 제이크의 길을 막으며 최대한 허리를 꼿꼿이 세우고 말했다.

"어떤 일이 있어도 꼭 아침을 먹고 가거라. 해리엇이랑 미니버스를 타고 가도 되고. 그러면 늦지 않을 거야."

제이크는 글로리아를 흘끗 보고는 시키는 대로 했지만 부엌으로 따라 들어가면서 계속 툴툴댔다.

"앉아라, 얘야. 빈속으로 내보낼 수는 없어. 엄마가 뭐라 하겠니?"

글로리아의 목소리는 평소답지 않게 거센 어조가 사라졌다.

나는 현관문을 응시했다. 집에 있으면 안 되느냐고 글로리아에게 물을 수 있다면 얼마나 좋을까. 하지만 금요병 진단을 계속한다면 물어봤자 의미가 없었다.

눈앞의 유리판에 흐릿하게 사람 형체가 나타나며 초인종을 눌렀다. 나는 문을 열었다.

"좋은 아침. 준비 다 된 것 같구나."

나는 건성으로 미소를 지었다.

"지난밤 드럼 키트 재미있었니?"

샘이 물었다.

'네.'

"좋아. 그런데 표정은 왜 시무룩해?"

나는 어깨를 으쓱했다.

"어서 와요, 샘."

글로리아가 손에 묻은 비누 거품을 닦으며 부엌에서 나왔다.

"혹시 제이크도 함께 데려다줄 수 있어요?"

"저 걸어갈 거예요."

제이크가 부엌에서 외쳤다.

"걸어가기는⋯."

딱딱한 어조가 다시 목소리에 스며들었지만 글로리아는 나에게 윙크를 했다.

"비가 쏟아지고 있고 너무 늦었어. 지각하고 비 맞는 거, 그런 건 난 못 본다. 자, 이리 와라, 여기 네 가방 있어."

글로리아가 책가방을 건네주자 제이크는 고개를 숙이고 빗속으로 나갔다.

"얘, 제이크."

글로리아가 불렀다.

"왜요?"

"앨런의 우산 가져가."

제이크는 돌아와 글로리아를 쳐다보지도 않고 우산을 낚아채더니 곧장 가방에다 집어넣었다.

샘이 미니버스의 뒷문을 열어 경사로를 내리고 낮은 소리로 제이크를 불렀다.

"어이, 십 대 청년."

그러면서 샘은 나에게 윙크를 했다.

우리는 아무 말 없이 학교로 달렸다. 제이크도 나도 기분이 몹시 꿀꿀했다. 빗방울이 앞 유리를 세차게 후려쳤다.

"세워 주세요."

학교에서 몇 블록 떨어진 곳에서 제이크가 말했다.

"무슨 뜻이니?"

샘이 물었다.

"그냥 세워 주세요. 여기서부터 걸어갈래요."

"알았다…. 여기 말이지?"

제이크는 미니버스가 멈추자마자 차에서 내려 문을 쿵 닫고는 서둘러 옆 골목으로 들어갔다. 차가 움직일 때 보니까 제이크가 바지 주머니에서 담배 한 갑을 꺼냈다.

"왜 저러니?"

샘이 뒷거울로 나를 쳐다보며 물었다.

"땡땡이치는 건 아니겠지?"

'모르죠.'

제이크는 분명히 담배를 피우지 않을 거라고 생각했는데, 내 눈으로 직접 보고 말았다.

"그래, 해리. 넌 괜찮니?"

'그다지.'

"아프니?"

샘의 눈이 거울로 내 얼굴을 살폈다.

'아뇨.'

"그럼 왜 그래? 엄마가 걱정돼?"

'조금요.'

"뭔가 다른 게 있구나…. 학교에서 무슨 일 있었어?"

나는 상을 찌푸렸다.

샘은 학교 바깥에서 차를 멈추고 몸을 돌려 내 얼굴을 마주
보았다.

"걱정하지 마, 해리. 괜찮을 거야. 곧 주말이잖니. 오늘 어떻
게 보냈는지 이따 알려 줄래? 그냥 알려 주면 돼…."

나는 위를 쳐다보았다. 샘의 눈이 내 눈과 마주쳤다.

'알았어요.'

"그래, 착하다. 우린 용감하게 해내야 해. 빨리 가자. 안 그러
면 흠뻑 젖을 거야."

25장

나는 휠체어가 허락하는 한 빨리 학교로 들어가 코끝의 빗물을 닦았다. 샬럿이 테아와 함께 기다리고 있었다.

"일찍 왔네."

샬럿이 말했다. 목소리에 생기가 없는 것이 영 샬럿 같지 않았다.

나는 얼굴을 찌푸렸지만 샬럿은 나를 바라보지 않았다.

"샬럿, 무슨 일인지 말해 줘. 난 네 친구잖아. 문제가 있을 때 돕는 게 친구지."

테아가 말했다.

우리는 복도에 걸린 엘리엇 교장 선생님의 커다란 사진 아래를 지나갔다. 기름 바른 머리와 엄한 눈을 한 선생님이 나를 지켜보고 있는 것 같았다. 지난봄에 교장 선생님과 면접했던 때가 생각났다. 우리는 병원처럼 보이는 교장실에 앉아 있었다. 엄마와 아빠는 번갈아 내 손을 토닥이며 나를 보고 싱긋 웃었다. 엘리엇 교장 선생님은 밀턴 종합 중등학교에 휠체어를 탄 학생이 지원한 것은 처음이라고 조심스레 설명했다. 학교의 '바닥 높이가 다르다.'는 것을 이해해야 하지만, 모두들 협력할 거라고 했다. 나는 마치 보호관찰을 선고 받는 느낌이 들었다. 잘 다니지 못하는 상황이 되면 어느 학교에 가야 할지 몰랐다.

엄마는 언제나 더 이상 그 문제에 대해 말하는 것을 거절했다.

"너에게 잘 맞을 거야, 우리 딸. 훌륭한 학교야. 분위기도 좋고."

"샬럿?"

테아가 불렀다.

"네가 할 수 있는 건 없어, 테아. 그냥 내버려 둬!"

샬럿이 말했다.

"좋아! 할 수 있는 말이 그것뿐이라면 내버려 둘게."

테아는 그렇게 말하고 여봐란듯이 여자 화장실로 들어가 버렸다.

헐! 샬럿이 왜 저러지? 언제나 아주 명랑한 아이였는데.

"아, 몰라. 난 테아 없어도 돼. 나한테 발끈거리기나 하고."

우리는 출석 종이 울리기 전에 교실에 도착했다. 젠킨스 선생님은 아직 오지 않았다.

"이 시끄럽게 떠드는 소리, 너무 싫다."

샬럿이 문을 열어 붙들고 있으면서 말했다.

"아아농 해이이엇. 자이보그 행성은 어때?"

내 자리로 가는데 그렉이 놀렸다.

"닥쳐."

쥘리에트가 날카롭게 말했다.

"아이고야, 왜 그렇게 예민해! 외계인 옹호 금지법이 있어야
겠어. 그런데 너도 외계인 아냐, 쥘리에트?"

트레스콧이 비웃었다.

"맞아. 우리 책상에 외계인이 둘 있네. 정식으로 항의해야
겠어."

"아니면 우리가 직접 전멸시키든가."

내가 보이지 않는 투명인간이면 얼마나 좋을까.

"무슨 일이야?"

샬럿이 내 뒤에서 다가오며 물었다.

"우리 책상에 두 명의 외계인이 있는 걸 어떻게 해야 할까
생각 중이었어."

트레스콧이 몸을 앞으로 숙이고 게임을 즐겼다.

"맞아. 우리가 병균에 감염될지도 모르잖아. 우리 마음이 알

수 없는 힘에 의해 점령될지도 모르고."

그렉이 말했다.

"벌써 점령되지 않은 건 확실해? 아직 아니라면, 더 나아질 방법을 찾아야 할 것 같은데."

샬럿이 응수했다.

"헐!"

그렉이 말했다.

"그냥 닥치고 있어, 알았지?"

샬럿이 말했다.

"누구 맘대로?"

그렉이 물었다.

"잊지 마…. 내가 너에 대해 안다는 거…."

샬럿의 목소리에는 날카로운 위협이 들어 있었다.

그렉은 머뭇거리며 얼굴을 심하게 붉혔다. 샬럿이 무엇을 알기에 그렉이 저렇게 걱정하는 걸까.

*

아침 내내 남자애들은 내 목소리를 놀리는 것 같았다. 복도에서, 수업 시간에는 낮은 소리로. 벽들이 나의 괴물 같은 목소리로 메아리치는 것 같았다. 심지어 괜찮은 남자애들조차 아랫입술을 혀로 밀어 내며 나를 이상하게 바라보았다. 여자 애들은 더 교묘했지만, 대부분은 평소보다 더 큰 원을 그리며 내 휠체어를 돌아 지나갔다.

하지만 샬럿의 위협은 그렉에게 효과가 있었다. 그렉은 적어 도 계속 입을 다물고 있는 듯했다. 그러나 줄곧 내게 분하고 빈정대는 눈초리를 던지는 것은 그만두지 않았다.

나는 샬럿이 걱정되었다. 수업 중에 흘낏 보면 샬럿은 자신 만의 세계에서 길을 잃은 것 같았다. 슬퍼 보였다.

26장

나는 아이들을 피해 쉬는 시간과 점심시간 대부분을 장애인 화장실에서 보냈다. 오후 출석 종이 울리자 마지못해 안전한 피난처를 떠났고, 초등학교에서 우리 반이었던 안나 심슨과 부딪칠 뻔했다. 안나는 얼굴이 빨개지며 길을 비켜 주더니 내 어깨에 손을 얹었다.

"괜찮니, 해리엇? 어제 일 들었어. 내가 거기 있었으면 좋았을걸. 그레고리 피터슨의 코를 납작하게 해 주었을 텐데. 형편없는 애야."

안나가 말했다.

'고마워!'

그러니까 그 소식이 공식적으로 온 7학년에 쫙 퍼졌단 말이네. 근사하군.

샬럿이 쥘리에트와 함께 교실 밖에서 기다리고 있었다.

"아, 해리엇. 어디 있었어? 너 찾고 있었는데."

나는 어깨를 으쓱하고 내 책상으로 갔고, 아무도 보지 않으려고 조심했다. 주목을 끌 필요는 없었다. 마음 한구석에서 샬럿과 쥘리에트가 점심시간에 나랑 시간을 보내고 싶어 했다는 사실에 전율이 흘렀다.

젠킨스 선생님이 교실로 들어왔는데 얼굴이 자줏빛이었다.

"7G반 학생 여러분, 조용히."

키는 작지만 목소리는 크고 믿을 수 없을 정도로 권위가 있었다. 아이들은 즉시 조용해졌다.

"방금 존스 선생님과 이야기했다. 난 여러분이, 여러분 모두가, 부끄럽다는 말을 꼭 해야겠어. 장난을 친답시고 그런 소란을 피우다니 생각이 있는 거니? 선생님이 자리를 비워도 얌전히 있어야지. 7G반, 정말 망신스럽다. 유치원생들처럼 행동하다니…."

나는 새끼손가락을 타이츠 구멍 속에 넣고 비틀면서 사다리 모양 줄이 다리를 타고 내려가는 것을 지켜보았다.

마침내 종이 울렸다.

"… 더 이상 말하지 않겠어."

젠킨스 선생님이 마무리를 지었다.

"출석에 변화 있니? 없어? 그럼 모두 7학년 회의에 가도록. 경고하지만, 지금부터 여러분이 잘하고 있는지 확인할 거야.

해리엇, 잠깐 남아 주면 좋겠다."

나는 아이들이 떠나기를 기다렸다. 샬럿이 문 근처에서 맴돌았다.

"넌 괜찮아, 샬럿. 문 닫고 들어오렴. 자, 해리엇. 어제 낭패스러운 사건의 중심이 너라는 이야기를 들었어."

젠킨스 선생님이 슬픈 미소를 지어 보였다. 나는 눈물이 핑 돌아 바닥을 내려다보았다.

"존스 선생님 설명에 따르면 네가 어떤 소년에게 소리를 지르면서 소동이 시작되었다면서? 해리엇, 반 아이들이 너에게 어떻게 반응하기를 기대하니? 넌 아무한테도 절대 말하지 않지. 생활기록부에는 네가 원하면 말할 수 있다고 분명하게 적혀 있는데도. 그런데 갑자기 목청껏 소리를 지른다? 반 친구들이 그렇게 반응하는 건 놀라운 일이 아니지 않니?"

눈물 한 방울이 뺨을 타고 흘러내렸다. 나는 젠킨스 선생님을 바라보며 말뜻을 읽어 보려고 애를 썼다. 목소리는 너무 천연덕스럽고 친절했지만 나는 완전히 야단맞는 느낌이었다.

"하지만 선생님, 그런 게 아니에요. 그건 그렉이었어요. 그렉이 이번 주에 해리엇을 정말 심하게 놀렸어요."

샬럿이 말했다.

"그래, 우리 모두 그레고리 피터슨이 어떤지 잘 알지. 해리엇,

너에게 정말 상황이 안 좋게 돌아가더구나. 그래, 어쩌면 점점 더 놀리는 일이 많아질지도 몰라. 너의 학교생활이 얼마나 어려운지, 선생님이 네 부모님께 말씀드려야 한다고 생각하지 않니? ⋯ 혹시 다른 학교에 다니는 걸 생각해 볼 때라고 생각하지 않니? 밀턴 종합 중등학교가 너에게 적절한 학교인지 난 정말 확신할 수 없구나⋯."

나는 걷잡을 수 없이 굴러 떨어지려는 눈물 사이로 바닥을 응시했다. 눈물을 누르지 않으면, 폭포처럼 얼굴에서 쏟아져 내가 익사할 때까지 강물처럼 흐르고 또 흐를 거다.

"해리엇?"

나는 젠킨스 선생님의 책상 위에 놓인 연필깎이를 응시하며 어깨를 으쓱했다. 내가 뭐라 말할 수 있을까? 그건 사실이었다. 나는 절대 다시는 밀턴 종합 중등학교 문으로 휠체어를 밀고 들어오고 싶지 않았다.

"그래, 샬럿. 넌 좀 어때?"

젠킨스 선생님이 말했다. 나와 이야기를 끝낸 것이 분명했다.

"전 괜찮아요."

"만약 시간을 따로 낼 필요가 있다면⋯."

"전 괜찮아요."

샬럿은 괜찮아 보이지 않았다. 표정이 닫혀 있었다. 샬럿은 젠킨스 선생님에게 아무 말도 하지 않을 거다. 선생님은 실망한 듯이 보였다.

"네 말이 맞다. 가능한 한 모든 것을 정상적으로 유지하는 것이 가장 좋지."

"네, 맞아요, 선생님."

"그래도 아직 좋은 친구들이 있지?"

선생님은 보드 지우개를 집어 들었다.

"네, 선생님."

"좋아, 그럼 회의에 들어가 봐라. 늦었다."

선생님이 화이트보드로 몸을 돌리며 말했다.

복도를 쿵쿵거리며 걷는 것으로 봐서 샬럿은 화가 나 있었다.

"이리 들어와."

샬럿이 여자 화장실 문을 열어 놓고 말했다.

여자 화장실에는 톡 쏘는 냄새들이 섞여 있었다. 그 속에는 담배 냄새도 있는 것 같았다. 커다란 반투명 창문이 들판을 흐려 놓았고, 불행히도 창문에는 빗장이 걸려 있었다.

"저 선생 완전 제멋대로야. 정말 그래. 괜찮아, 해리엇?"

나는 고개를 저었고 눈물이 쏟아져 내렸다.

"너한테 그런 식으로 말하다니 믿을 수 없어. 분노가 치밀어. 네 잘못은 하나도 없어, 해리엇. 정말 없어."

등을 웅크리자 이번 주에 겪었던 모든 감정이 굴러 나왔다. 치마가 축축하게 느껴질 때까지 눈물이 흘렀다. 샬럿이 내 등을 문지르며 말했다.

"괜찮아. 모두 쏟아 내."

오후 수업 종이 울렸고, 나는 세면대로 가서 얼굴을 씻었다. 거울이 너무 높은 데 있어서 들여다볼 수 없는 것이 그나마 위안이 되었다. 내 얼굴이 얼마나 얼룩덜룩한지, 내 눈이 얼마나 빨간지, 보고 싶지 않았다.

"적어도 그렉은 잠시 떼어 놓았으니 다행이야."

샬럿이 종이 수건을 건네주며 말했다.

나는 눈을 닦고 샬럿에게 묻는 시선을 보냈다.

"오, 그렉에 대해서 많은 이야기를 알거든. 그렉 엄마와… 우리… 엄만… 친한 친구야."

이번에는 샬럿의 눈이 흐려졌다.

나는 손을 내밀며 가장 분명한 목소리를 만들어 냈다.

"너 괜찮아?"

"응. 하지만 젠킨스 선생은 너무 어리석어. 어떤 일들은 너무 심각해서 모든 걸 거꾸로 뒤집어 놓아. 다시는 그 어떤 것도 예전과 같지 않을 거야."

27장

"그래, 오늘은 어땠니?"

그날 저녁 샘이 차에 올라타며 물었다.

나는 어깨를 으쓱했다. 젠킨스 선생님의 태도는 말할 것도 없고 계속되는 조롱이 얼마나 사람을 지치게 하는지 어떻게 설명할 수 있을까.

"어제만큼은 나쁘진 않았지?"

'네.'

"좋아. 나한테는 뭐든지 이야기해도 되는 거 알지?"

'네.'

정말 좋은 사람이었다.

샘은 차를 출발시켰고, 에벳과 주말을 어떻게 보낼지 이야기했다. 정말 흥분해 있었다.

교문을 빠져나오자 나는 성가신 문제 없이 꼬박 이틀을 보낼 수 있다는 생각에 안도감을 느꼈다. 어서 빨리 드럼 키트에 올라가서 내 모든 좌절감을 쾅쾅 두드리고 싶었다.

공원 근처 신호등에서 멈춰 섰을 때 유아차에 탄 사내아이가 보였다. 아이는 울타리 사이로 그녀를 가리키며 작은 다리를 흔들어 댔고, 얼굴은 분노로 새빨갰다. 내가 품에 안겨서 다닐 만큼 충분히 작았을 때 얼마나 그녀를 좋아했는지가 생각났다. 제이크가 얼마나 높이 밀었는지 배가 나무 꼭대기에 닿을 듯했고 나는 깔깔 웃었었다.

제이크…. 나와 제이크는 정말이지 대화할 필요가 있었다. 제이크는 내 감정을 이해할 유일한 사람이었다. 엄마나 글로리아, 엄마도 없는 지금 집을 비운 아빠에 대해, 아니 모든 것에 대해 내가 어떻게 느끼고 있는지…. 제이크는 아마 음악실에서 무슨 일이 있었는지 들었을 거다.

집에 도착하자마자 글로리아가 나를 집 안으로 데리고 들어갔다.

"우우, 저기 참견쟁이 눈에 띄지 않게 얼른 들어가자. 자기 일에나 신경 쓸 일이지…. 아냐, 아냐. 부엌으로 오렴. 무슨 숙제가 있는지 보고 싶구나. 넌 숙제가 있다고 나에게 말하지 않더구나."

글로리아가 손가락을 흔들었다.

"올컷 선생님한테 들어야 하다니…. 핫초콜릿 마실래?"

'네, 주세요.'

"나도 마실까. 숙제를 꺼내서 뭘 해야 하는지 보여 다오."

나는 글로리아가 얼마나 도움이 되는지를 깨닫고 놀랐다.

"옛날 생각이 나는구나."

최대한 깔끔한 글씨로 영어를 베끼고 있는데 글로리아가 말했다.

"너희 아빠가 십 대였을 때 내가 학급 보조 교사였다는 거 모르지?"

오토바이가 진입로에서 속도를 줄였다.

"아, 앨런이 벌써 왔구나. 저녁 식사 준비를 하는 게 낫겠다. 그거 끝냈니? 그럼, 컴퓨터 숙제만 하면 돼?"

글로리아가 냉장고 위에 놓인 작은 거울 앞으로 가면서 물었다.

"그렇다면 그건 도와 달라고 하지 마! 난, 늙은 여우라서 모르는 건 안 건드려."

입을 벌리고 새빨간 립스틱을 입술에 쓰윽 바르는 동안에는 말을 쉬었다.

"늙은 개에게 새로운 재주를 가르칠 수는 없지."

글로리아는 입술을 비빈 다음 키친타월로 살짝 눌렀다.

"더 낫군. 자, 다른 거 하기 전에 꼭 숙제부터 하는 거다."

나는 컴퓨터를 켰다. 내 할머니가 진짜 사람에게 말하는 것처럼 손녀에게 말을 하게 되기까지 어떻게 11년이라는 세월이 걸렸을까? 나는 전자메일함을 열었다. 우리 반 누군가에게 메일을 보내는 게 숙제였다. 메일은 사적인 것이기에 내용은 보지 않고 그냥 보냈는지만 확인할 거라고 포터 선생님은 말했다. 새 메시지가 하나 있었다. 학교에서 보낸 건데, 우리 반 아이들 모두의 학교 메일 주소 목록이 들어 있었다. 목록의 이름들을 보니까 내가 정말로 메일을 보내고 싶은 사람은 딱 한 사람뿐이었다. 나는 주소록에 샬럿을 추가하고 편안한 자세로 앉았다. 무슨 말을 해야 할까? 나는 자판을 두드리기 시작했다.

안녕 샬럿, 오늘 이런 숙제가 있어서 기쁘다. 이번 주에 너무 잘해 줘서 고맙다는 말을 정말 하고 싶었거든. 분명히 생각할 게 많은 것 같은데 그런 부담을 줘서 미안해. 있잖아, 원하지 않으면 아무 말도 할 필요 없어… 하지만 만약 누군가에게 말하고 싶으면… 난 누구에게도 한 마디도 하지 않으리라는 것, 이미 알 거야!

메일을 다시 읽어 보니 맨 마지막 문장이 너무 참견하는 것 같아 커서로 블록을 만들었다. 내 손이 삭제 버튼 위를 맴돌았다. 하지만 어쩌면 샬럿이 이야기를 하도록 도와줄지도 몰랐다. 때때로 나도 누군가에게 고민을 말하고 싶을 때가 있었으니까. 그래서 내 이름을 치고 전송 버튼을 눌렀다. 샬럿이 원한다면 마지막 문장을 그냥 무시하면 될 거다. 적어도 난 제안을 했다.

받은 편지함을 다시 보았지만 다른 새 메일이 없는 것을 알고 실망했다. 이모가 지금쯤은 답 메일을 보냈을 거라고 생각했었는데…. 직접 남아프리카에서 오는 중이 아니라면 말이다. 하지만 이모는 그렇게 빨리 일을 처리할 수 없을 거고, 온다면 적어도 전화를 했을 거다.

학교에서 온 주소 목록을 보면서 쥘리에트에게도 메일을 보내기로 했다. 쥘리에트 역시 내게 잘해 주었으니까.

컴퓨터를 껐을 때 초인종이 바보 같은 노래를 불렀으므로 무슨 일인지 보러 나갔다.

앨런이 문에서 녹색 줄무늬 유니폼을 입은 배달 소년으로부터 엄청 커다란 쇼핑백을 받아 들고 있었다.

"아, 저녁이 왔단다!"

앨런이 문을 닫으며 내가 있는 것을 알아채고 말했다. 미소를 짓다가 앨런의 얼굴이 가로로 쪼개질지도 모르겠다고 생각했다.

"중국 음식 먹어 봤니?"

나는 고개를 저었다.

"그럼 한번 먹어 봐. 거실에서 먹자. DVD를 몇 개 빌렸거든. 네가 골라."

음식이 너무 많았다. 요리들은 다채로웠고, 레몬과 시럽과 향신료가 뒤섞인 냄새는 뭔가 톡 쏘는 듯했지만 입에 군침이 돌게 했다.

"열심히 먹어."

앨런이 활짝 웃으며 말했다.

전화가 울렸다.

"꼭 이렇더라."

글로리아가 커피 테이블에 접시를 놓고 비척비척 걸어 나갔다.

"알았어, 제이크…. 그래…. 그런 거 같아. 좋아. 하지만 일요일 다섯 시까지는 돌아오는 거다."

글로리아는 전화를 내려놓고 돌아왔다.

"오늘 밤 늦게 집에 왔다가 내일 다시 친구 집으로 가서 밤을 보낼 거래. 우리하고는 상대를 안 하고 싶은가 봐? 플레이 버튼을 눌러요, 앨런."

앨런은 내가 본 적이 없는 영화를 겨우 찾아냈다. 한 아름다운 중국 소녀가 소년인 척하고 아버지 대신 전쟁에 나가야 하는 내용이었다. 멋진 영화였다! 자신이 잘못된 몸에 들어가 있는 것이 어떤 느낌인지 난 너무도 잘 알았다. 사람들이 그런 나를 바라보며 뭘 할 수 있을지 없을지 아는 것처럼 구는 게 어떤 느낌인지도 알았다. 나는 정말 이야기에 완전히 빠졌다. 딱 한 번, 글로리아가 얼굴에 깜박이는 화면의 불빛을 받으며 무릎을 옆으로 쪼그리고 소파에 앉아 있는 모습을 보며, 보통 때처럼 내가 그 자리에서 엄마와 제이크에게 바짝 붙어 아주 편안하게 앉아 있으면 얼마나 좋을까 생각했다.

28장

다음 날 아침은 화창하고 상쾌했다. 엄마 없는 주말! 처음이었다. 글로리아는 내가 토요일에는 말을 타러 간다는 걸 알고 있을까? 베이컨 냄새가 부엌에서 풍겨 왔다. 나는 가운을 걸치고 알아보러 나갔다.

"일어났구나. 아침 먹을 준비됐니?"

글로리아는 아직 거울을 보지 않은 게 분명했다. 어제의 마스카라가 눈가에 심하게 번져 있었다. 영화를 보며 운 것이 확실했다.

"음."

나는 말했다.

'냄새 좋네요.'

앨런은 니코틴으로 노랗게 변색된 손가락들로 커피 머그잔을 감싸고 식탁에 앉아 있었다. 코듀로이 로브 아래 페이즐리

무늬 파자마를 입고 있었다. 앨런이 나를 보고 싱긋 웃었다.

"우리 아가씨는 할머니랑 미용실에 가고, 나는 말을 살펴보러 갈 거야. 그런 다음 엄마를 보러 갈까?"

앨런이 윙크를 하며 물었다.

'네. 하지만….'

"너의 작은 심장을 걱정시키지 마라, 얘야."

"보면 알겠지만 엄마는 회복 중이란다."

글로리아가 풍성한 접시 두 개를 식탁에 놓으며 말했다.

"당신은 안 먹어?"

"아, 먹을 거야. 자몽 통조림 한 통을 땄어. 지난밤 폭식을 했으니 조심하는 게 좋을 것 같아. 몸매 관리를 해야지."

글로리아는 잠옷 사이로 아무것도 없는 위를 쓰다듬었다.

나는 시계를 바라보았다. 아빠가 잦은 출장 여행 중 비엔나에 갔을 때 가져온 것이었다. 9시 반이었다.

"오늘 승마가 있어요."

내가 말했다.

"서엉… 승마?"

글로리아가 과일 한 숟가락을 입 앞에서 멈추고 물었다.

"몇 시?"

"열한 시 반."

"괜찮아…. 미용실 다음에 시간을 낼 수 있어."

"어디로 가는데?"

앨런이 소시지를 한입 문 채 물었다.

나는 알림판 위의 전단지를 가리켰다.

*

하지만 글로리아는 승마에 대해 잊어버렸다. 오래 걸리지도
않았다.

마이클이 미용실 문에서 우리를 맞았다. 머리카락 한 올도
없고 커다란 에메랄드빛 눈 주위에 검은 아이라이너를 그린
키가 큰 남자로, 검은 실크 셔츠와 꼭 끼는 바지에 허리에는
다이아몬드 장식이 박힌 허리띠를 매고 있었다.

"오 글로리아! 여사님을 뵈니 행복하기 이를 데 없네요. 그리
고 이분은?"

"나의 보석 해리엇이라오."

"만나서 영광입니다."

마이클이 절을 하며 말했다.

"글로리아가 머리하는 동안 대기실에 자리를 잡기로 해요."

그리고 글로리아를 향해 돌아섰다.

"그럼, 글로리아. 다듬고 손질하러 오셨다고요. 어디 보자
…."

마이클은 글로리아의 머리카락을 들어 올려 손가락으로 훑
었다.

"네, 그래야 할 것 같군요… 새로 할 때가 되었네요. 복숭아
색 하이라이트를 줘서 새로운 계절을 맞는 게 어때요?"

"오! 그렇게 생각해요? 하긴, 관리가 좀 어려워지긴 했어요
…. 조금 피곤해 보이기도 하고. 복숭아색이라고 했죠?"

"오, 맞아요! 기분을 밝게 하고 뺨 색깔을 돋보이게 할 거
예요."

마이클은 글로리아 주위를 춤추듯 걸어 다니다가 걸음을 멈
추더니 한 손은 허리에 얹고 한 손은 턱 아래를 받치고 머리를
갸우뚱 기울였다. 잠시 그런 자세를 유지하다가 다시 공연을 시
작해서 다른 각도에서 바라보았다. 글로리아가 왜 그를 그토록
좋아하는지 알 것 같았다. 마이클의 집중력은 엄청났다.

나는 인조 가죽 커피 테이블 위에 놓인 잡지들을 휙휙 넘겨
보았다. '올봄에 눈부시게 아름답게 보이려면?', '발을 따뜻하
게 하려면 이런 음식을 먹어라', '계속 화끈거려. 나, 갱년기일
까?' 나의 별자리 운세는 "앞날이 길고 어둡게 보여도 희망을
잃어서는 안 된다. 자신 안에서 답을 찾게 될 거다."라고 되어

있었다.

'그래, 맞아!'

시계가 째깍거리며 시간이 흘렀다. 11시 35분이 되자 마침내 글로리아가 일어섰다.

"오, 정말 멋지네요. 믿을 수 없을 정도네요. 당신은 정말 보석이에요, 마이클."

"하지만 잊지 마세요. 이 '고보습'을 일주일에 한 번은 꼭 사용하셔야 해요. 가능하면 두 번… 이걸 바르고 이십 분 동안 따뜻한 수건으로 머리를 감싸 주세요. 아주 간단해요."

글로리아가 내 얼굴을 언뜻 보았다.

"해리엇, 무슨 일 있어?"

글로리아가 내 눈을 따라 시계를 보았다.

"오, 이런. 너무 미안하다. 마이클, 아이의 승마 레슨을 까맣게 잊었어요. 지금 가도 늦었어요!"

"오, 그럼 절대 안 되죠. 어떻게 하면 작은 얼굴에 미소를 다시 가져다줄 수 있을까요?"

"마이클… 커다란 부탁 하나 들어줄 수 있어요? 아이 머리를 커트해 줄 수 있나요? 정말 솜씨가 좋으니 아이가 틀림없이 좋아할 거예요."

"여사님을 위해서라면 무엇이든! 다음 손님은 삼십 분 후에야 올 거예요."

마이클이 경쾌하게 노래하듯 말했다.

"숙녀분 머리를 커트할 영광을 주시겠습니까?"

나는 마이클이 정중하게 팔을 휘저어 손을 내밀자 킥킥 웃지 않을 수 없었다.

엄마는 언제나 욕실에서 자와 미용 가위로 내 머리를 잘랐다. 하지만 오늘은 뒤로 누워서 목 쪽에 구멍이 팬 세면기에서 머리를 감았다. 그러기 위해 직원들이 휠체어 등받이를 떼어내야 했지만, 민망한 기분이 들게 하지는 않았다. 마이클이 말했다.

"많은 고객들이 휠체어를 타고 온답니다."

마이클은 내 뒤에 섰고, 우리는 함께 거울을 바라보았다. 축축한 머리칼이 어깨를 지나 늘어뜨려졌다. 마이클은 애정 어린 손길로 빗질을 했다. 이제 내가 그의 고객이었다.

"층을 좀 내 보자. 길이를 유지하고 싶니?"

나는 숨을 죽이고 고개를 저었다. 엄마는 화를 낼 거다!

미용실을 나올 때쯤에는 여왕이 된 기분이었다. 내 머리는 기분 좋게 가벼워져 내 것같이 느껴지지 않았다. 우리는 엄숙하게 머리 방울과 핀을 쓰레기통에 버렸다. 이제 더 이상 필요 없을 거다.

*

제이크를 데리러 집에 돌아갔지만 제이크는 이미 나가고 없었다. 그래서 나와 글로리아와 앨런만 간호사 데스크 옆에 서서 덩치가 엄청나게 큰 간호사가 키보드에서 눈을 떼고 우리를 쳐다보기를 기다렸다.

"해리스 부인은 왼쪽 두 번째 병실입니다. 너무 오래 있으면 안 됩니다. 휴식이 필요하니까."

간호사가 돼지 눈으로 우리를 바라보며 딱딱거렸다. 그 여자는 사람들에게 그런 식으로 말하는 걸 너무 좋아할 거다. 옛날 여자 사감처럼.

간호사는 초콜릿 바를 반쯤 입속에 쑤셔 넣고 씹으면서, 심술궂은 눈으로 우리를 따라왔다.

덥고 공기가 안 통하는 병동이었다. 역겨울 정도의 우유 냄새에 젖어 있고 미세한 파우더의 장막이 드리워져 있었다. 복도를 따라가니 갈매기가 우는 듯한 괴상한 소리가 났다. 분명 새로 태어난 아이가 우는 소리였을 거다.

"우리 왔다. 오늘은 좀 어때?"

글로리아가 엄마 병실 문을 열면서 말했다.

"누구를 데려왔는지 볼래?"

나는 망설이며 앨런을 쳐다보았다. 앨런은 내가 시장에서 고른 아네모네 한 다발을 어색하게 들고 있었다.

"어서 들어가 봐."

앨런이 내 머리를 헝클며 말했다.

나는 얼굴에 글로리아 식 커다란 미소를 짓고 조금씩 앞으로 나아갔다. 엄마는 무릎에 스도쿠 퍼즐 북을 올려놓고 침대에 누워 있었다. 담요 아래에서 선 하나가 올라와 침대 옆에서 심장박동 소리를 내는 바퀴 달린 회색 괴물에 연결되어 있었다. 투명한 액체가 엄마의 왼쪽 팔로 방울방울 들어갔다. 방의 전체적인 모습은 텔레비전에 나오는 임종 장면을 떠올리게 했지만, 엄마의 얼굴은 조금 녹색기가 돌긴 했어도 꽤 편안해 보였다. 시큼한 토사물 냄새가 공기 중에 남아 있었다.

"앨런, 간호사에게 저것 좀 치워 달라고 해 줄래요?"

엄마가 침대 옆 탁자에 있는 회색 판지 쟁반을 가리키며 말했다.

"다른 것을 가져다 달라고 하는 게 좋을 거예요. 입덧을 하는 건지 그냥 여기 음식이 안 맞아서인지 모르겠어요. 평생 이렇게 아픈 적이 없었는데…."

앨런은 병실을 떠날 구실이 생겨 기쁜 듯이 보였다.

"해리엇! 네 머리가! 마치… 어른처럼 보이네?"

"좋아요?"

나는 숨을 죽였다.

"글쎄다…. 나라면 그렇게 하지 않았을 테지만…. 정말 근사하게 보인다."

나는 제대로 된 미소를 터뜨렸다.

"이거 글로리아의 영향이죠?"

"내가 미용실에 데려갔지만 결정은 해리엇에게 맡겼지. 사실 난 그럴 생각이 없었단다. 많이 화난 건 아니지?"

"아뇨, 전혀요. 오래전에 미용실에 가서 제대로 머리를 잘라 줬어야 했는데, 저는 해리엇을 좀 지나치게 아기 취급하는 것 같아요."

엄마가 나에게 애정 어린 미소를 지으며 말했다.

"글로리아랑 해리엇이랑 함께 즐길 것이 있어서 기뻐요…"

엄마가 갑자기 말을 중단하고 방 안을 둘러보았다.

"제이크는 어디 있어요?"

"오, 사내아이들이 어떤지 너도 알잖니. 친구들 만나러 갔어."

글로리아가 말했다. 엄마는 걱정스러운 듯 보였다.

"괜찮은 거죠?"

"걱정 마. 제이크는 잘 지내. 그렇지 않니, 해리엇?"

나는 고개를 끄덕이며 글로리아를 곁눈으로 힐끔 보았다.

앨런이 간호사와 함께 꽃병을 들고 돌아왔다. 앨런은 내 뒤로 오더니 어깨에 손을 얹었다. 그렇게 지지해 주니 기뻤다. 엄마는 출산 예정일이 팔월 중순이라고 했다. 글로리아는 예상했던 것보다 무척 빠르다고 했다.

"어쨌든 잘 쉬어야 한다, 애야."

글로리아가 말했다.

"알아요."

엄마는 불안해 보였다.

"적어도 몇 주 지나면 앤서니가 돌아와 도와줄 거야."

"오, 그럼요. 아주 좋은 사람이에요."

엄마가 말했다.

'우리가 필요할 때 떠나 버리는 걸 빼면.'

나는 생각했다.

우리는 간호사가 뒤뚱뒤뚱 걸어와 쫓아내기 전까지 30분 정도 머물렀다. 병실을 벗어나게 되어서 안도감을 느꼈다. 이런 외계 같은 환경에서는 할 말을 생각하기 힘들었다.

"난 병원이 싫어."

병동 문이 닫히자 앨런이 말했다. 엄마를 보러 병실로 들어간 이후 앨런이 처음으로 한 말이었다.

29장

다음 날 아침, 잠에서 깨니 집 안은 조용했다. 왜 이렇게 팔이 아픈지 깨닫기까지 시간이 좀 걸렸다. 어제 오후 내내 드럼을 쳤던 거다. 팔뚝을 문지르며 문득 샬럿이 답 메일을 보냈는지 궁금했다. 호기심에 못 이겨 결국 따뜻한 이불 속에서 나와, 컴퓨터가 부팅되는 동안 욕실로 갔다. 머리가 한쪽으로 뻗쳐 있었다. 나는 헤어브러시를 적셔 머리를 빗었다. 혼자 할 수 있다니, 근사했다! 손가락을 머리끝에 넣고 어제 '보석'과도 같은 마이클이 보여 준 것처럼 새로 산 무스를 발라 돌돌 말았다. 아주 보기 좋았다!

받은 편지함에 새로운 메일이 세 개 있었다. 맨 처음 것은 그렉에게서 온 것이었다.

안녕 해리엇, 배터리가 나갔을 때 언제라도 너를 돕는 게

난 더할 나위 없이 기쁘다는 걸 잊지 마.

교활했다. 그렉은 자기가 한 짓에 대해 뭐라고 할 수 없도록 썼지만 내가 자기에게 소리 지르게 만든 걸 흡족해하고 있었다. 나는 마우스 오른쪽을 클릭해서 메일을 지워 버렸다.
다음 메일은 샬럿에게서 온 것이었다.

안녕, 해리엇.
당연히 난 앞으로도 네 편을 들 거야. 무슨 일이든. 사람들이 말하는 게 다 옳은 건 아니지.
무슨 일인지 너에게 말해야 할지 말지 잘 모르겠어. 말하고 싶다가, 다시, 아무에게도 알리고 싶지 않기도 해. 아무도 이해하지 못할 것 같아. 그냥 끔찍해. 믿기지 않아. 아빠도 믿지 못하고 있어. 우리는 모든 게 잘되고 있다고 생각했어. 그래, 엄마는 스카이가 태어난 후 산후우울증에 걸렸지만 우리는 끝났다고 생각했지. 스카이는 여동생이야. 밝혀진 바에 따르면 아버지가 다른 여동생이지. 그거야. 바로 그거야. 말해 버렸네. 내내 아빠는…. 우리는 스카이가 아빠 아기라고 생각했어. 하지만 엄마는 알고 보니 여러 해 동안 스티브란 남자를 만나고 있었어. 믿어지니? 스티브는 스물다섯 살이야! 엄마보다 열 살이나 연하야. 아빠의 직장 동료야. 친구 같은. 대단한 친구지. 그냥 바보 같아. 이런 건 현실이 아니라 텔레비전에서나 일어나는 일 아냐?

아무튼 엄마는 떠났고 스티브랑 살아. 그리고… 너무도 비현실적이게… 엄만 스카이를 데려갔어. 나의 작은 스카이. 아, 내가 이걸 보낼 수 있을지 모르겠다. 내 말은… 나의 넋두리가 너에게 필요할 것 같지 않다는 뜻이야. 하지만 난 이야기를 할 사람이 필요해. 테아가 있지만 도움은 안 될 거야. 걔들은 계속 이 이야기를 할 거야…. 줄곧. 엄마를 씹어 대겠지. 아빠가 엄마한테 충분한 관심을 주지 않았다고 하면서…. 난 걔들이 아는 걸 원하지 않아. 너무 창피해. 모르겠어. 아무튼 이걸 보낼 거야. 내가 어떤 기분인지 딱 한 사람만 알면 좋을 것 같거든. 아빠 말고. 아빠한테는 말할 수 없어. 아빠의 이런 모습을 본 적이 없어. 마치 엄마가 죽은 것 같아. 아빤 의사에게 약물 치료를 받고 있어.

아무튼. 보낼게. 샬럿.

나는 휠체어에 기댔다. 힘든 문제가 있는 건 나라고 생각했는데! 불쌍한 샬럿!

마지막 메일도 샬럿이 보낸 것이었다.

해리엇, 네 질문에 답장을 보냈어. 나도 너한테 한 가지
물어볼 게 있어. 원하지 않으면 대답 안 해도 돼. 넌 왜
할머니랑 사니?
샬럿.

나는 샬럿이 어떻게 글로리아에 대해 알았는지 궁금했다. 어
떻게 말해야 할까 궁리하고 있는데 문 두드리는 소리가 났다.
문틈으로 앨런이 얼굴을 들이밀었다.

"좋았어. 일어났구나. 내가 여행 계획을 세웠지. 우리, 외출할
거야."

'어디로요?'

앨런이 휘어진 코를 톡톡 두드리며 윙크했다.

"기다려 보렴. 따뜻하게 입고 아침 먹자. 난 가서 주전자 올
려놓을게. 글로리아가 곧 와서 도와줄 거야."

앨런이 비밀스럽게 말했다.

아침 식사는 슈퍼마켓에서 사 온 팽 오 쇼콜라였다. 일요일
식사는 앨런의 책임인 것 같았다. 그런 다음 앨런은 나를 엄마

차에 태우고 휠체어를 접어 트렁크에 넣었다.

"자, 여보, 말해 봐요. 우리 어디로 가는 거야?"

앨런이 운전석에 앉자 글로리아가 눈을 크게 뜨고 물었다.

"허 참, 절대 말 안 할 걸 알면서. 그냥 앉아서 드라이브를 즐겨요."

우리는 병원으로 가는 길을 지나갔고, 나는 아쉬운 눈으로 바라보았다. 이 수수께끼 여행에 엄마가 함께할 수 없는 것이 유감이었다. 화창한 아침이었지만 바람은 여전히 겨울을 살짝 느끼게 하는 것 이상으로 세게 불었다.

자동차는 시골로 들어섰다. 수선화가 산울타리에 점점이 피어 있었지만 나무와 덤불들은 꽃봉오리들을 꼭 붙들고 있었다. 길고 혹독한 겨울이었고, 최근에 내린 비로 영상 몇 도밖에 되지 않았다. 봄은 속도를 늦춰 오고 있는 것 같았다.

작은 돌집들이 있는 친숙한 마을들이 점점 적어지고 멀어졌고, 우리는 캐틀 그리드(자동차는 지나가도 소나 양은 못 지나가게 도로에 구덩이를 파고 그 위에 쳐 놓은 쇠막대기 판: 옮긴이)를 넘어 잿빛 황무지로 들어섰다. 양들이 이상한 모양으로 무리를 이루어 마지막 남은 풀 조각들을 찾아 발톱으로 긁어 댔다. 농부들이 내놓은 건초는 앙상한 나무들에게 날아가 버려 배고픈 가축들에게는 아무 쓸모가 없었다. 나무들은 남쪽 지평선을 지켜보며 더 따뜻한 날씨가 햇빛과 함께 오고 있는지 조짐을 찾고 있는 듯했다.

앨런은 갑자기 도로를 벗어나서 마치 길 아닌 듯 보이는 길을 따라갔다. 가면 갈수록 점점 더 움푹 팬 곳이 많아졌다. 앨런이 손을 뻗어 CD 플레이어의 스위치를 켜자 '3대 테너'(이탈리아의 성악가 루치아노 파바로티와 스페인의 성악가 플라시도 도밍고, 호세 카레라스 3인을 지칭: 옮긴이)가 최고의 성량으로 노래를 쏟아 냈다. 분명히 엄마의 음악은 아니었다.

글로리아가 나를 돌아보았다.

"정말 놀라운 음반이야. 앨런이 오페라에 남모르는 열정을 갖고 있는 거 모르지?"

나는 미소를 지으며 고개를 끄덕였다.

앨런이 히터를 틀고 창문을 열었다. 앨런의 머리가 등 뒤로 정신없이 나부꼈다.

"분위기 잡히지?"

앨런이 나를 돌아보고 갈색 이로 싱긋 웃으면서 물었다.

길은 땅 위로 드러난 바위들을 피해 오른쪽으로 나 있었다. 앨런은 모퉁이를 돌면서 양들을 사방팔방으로 흩어지게 했고 글로리아는 깔깔 웃으며 음악에 맞춰 노래했다. 이런 장난을 치기에는 둘 다 분명히 나이가 많았다.

길이 트이며 주차 구역이 나타났고 앨런은 미끄러지듯 차를 멈췄다.

"우와, 앨런. 어떻게 이런 곳을 발견했어?"

글로리아가 숨 막히는 소리를 냈다.

경치가 정말 놀라웠다. 황무지의 깎아지른 듯한 절벽과 거친 암석들이 뚝 떨어져 나가며 갈비뼈 모양의 분지와 구불구불 위풍당당하게 흐르는 강을 드러냈다. 멀리서 태양이 바다 위에 떠 있는 보석처럼 반짝였다.

"글로리아랑 나랑 다리 근육 좀 풀고 와도 괜찮겠니?"

앨런이 머리를 뒤로 길게 빼고 물었다.

"시야에서 벗어나진 않을게."

'그럼요. 괜찮아요.'

"산들바람을 즐기도록 창문은 내려놓고 갈게. 트렁크에 너에게 줄 담요 갖고 왔어."

앨런과 글로리아는 황무지 가장자리로 걸어갔다. 경치가 곤두박질치듯 시야에서 사라지는 곳이었다. 글로리아가 굽 높은 부츠를 신고 힘겹게 걸어갔다. 두 사람은 맞잡은 손을 앞뒤로 흔들었다. 저 나이에 저토록 사랑에 빠지다니 글로리아는 운이 좋았다. 나는 샬럿의 이야기를 생각했다. 우리 둘 다 최근에 엄마가 집에 없게 되다니 우스웠다. 상황이 다르긴 했다. 샬럿의 엄마에겐 죄책감과 수치감, 실망과 원망이 함께했지만, 적어도 우리 엄마가 아픈 건 그야말로 불운 때문이었다. 불쌍한 샬럿, 참 끔찍한 상황에 처해 있구나.

글로리아와 앨런이 달려와 웃으며 차 문을 휙 열었다.

"끔찍한 남자야."

글로리아가 차에 올라타더니 문을 쾅 닫으며 말했다.

"원정을 갈 때는 적어도 무슨 옷을 입어야 하는지 알려 줘야 하잖아. 그냥 농담으로 생각하다니."

"으으, 춥다."

앨런이 들어왔다.

"어떤 신발을 신어야 할지 미리 말해 줘야 하는 거 아냐? 이건 완전 새 부츠라고. 난 우리가 쇼핑 가는 줄 알았어."

"여자랑 쇼핑이랑 무슨 상관있는 거야?"

앨런이 싱글거리며 좌석 뒤 아이스박스에 손을 뻗었다.

"가장 따뜻하고 실용적인 옷을 입으라고 말했잖아. 내가 뭘 더 할 수 있어?"

"당신은 그저 재미있다고 생각하네, 심술쟁이."

글로리아가 타박했다.

"그렇다면 점심은 무엇이옵니까, 나리?"

"조합에서 제공하는 샌드위치이옵니다. 해리엇, 달걀로 할래,

치즈와 햄으로 할래?"

우리는 샌드위치와 감자 칩과 초콜릿 비스킷을 먹으며 보온병에서 입이 델 정도로 뜨거운 차를 머그잔에 따라 홀짝홀짝 마셨다. 그런 다음 앨런은 모든 쓰레기를 비닐봉지에 구겨 담은 다음 봉지를 아이스박스에 넣었고, 우리는 다시 출발했다.

큰 도로로 돌아오자 앨런은 바다를 향해 좌회전했다. 점점 더 흥분되었다. 나는 해변에 갈 때마다 흥분을 느꼈다. 1년 중 어느 때이든 상관없었다. 해안은 언제나 신났다. 우리는 비숍스 포스트의 작은 마을에 주차했다. 바다 옆에 몇 개의 주차 공간이 다닥다닥 붙어 있었고, 맞은편에는 생선 전문식당과 골동품 가게가 있었다. 주차한 차는 우리뿐이었다.

앨런은 내가 휠체어에 타도록 도와주고 다리를 담요로 감싸주었다. 파도가 부서지는 요란한 소리가 나의 귀를 가득 채우며 웃고 춤추고 노래하고 싶게 했다. 휘파람 소리를 내며 수평으로 부는 짭짤한 바람이 나의 새 헤어스타일을 엉망으로 만들려고 최선을 다할 때 나는 함박웃음을 짓는 것으로 만족했다. 우리는 해안가를 따라 걷기 시작했다.

비숍스 포스트는 20여 채의 작은 집들이 해안을 향해 줄지어 있었고, 그 앞으로 좁은 길이 나 있었다. 만조 때여서 해변의 흔적은 없었다. 그 길은 방파제로도 쓰이는 것이어서 곧장 바로 밑의 거품이 이는 물속으로 떨어졌다. 포말이 이는 바다와 보행자를 갈라놓는 것이라고는 녹슨 철 난간뿐이었다.

휠체어가 앨런과 글로리아보다 빨랐다. 인도가 좁아서 계속 앞으로 갔다. 태양이 하늘 낮게 내려앉기 시작했다. 인어를 보기에 완벽한 시간이라고 지평선을 보면서 생각했다. 바람이 휘파람 소리를 내며 불고 파도가 요란한 소리를 내며 휠체어 바퀴로부터 겨우 몇십 센티미터 떨어진 방파제에 부딪쳤다. 나는 이 마을의 작은 집에서 사는 것을 상상했다. 바람에 노니는 갈매기를 구경하고, 썰물 때 제이크와 새로 태어난 동생과 함께 모래사장을 가로질러 달리고(꿈은 이루어지지 않을까?), 바위 웅덩이에서 불가사리와 게를 발견하겠지.

'그러면 얼마나 좋을까.'

뒤에서 휘파람 소리가 들렸으므로 휠체어를 돌렸다. 앨런과 글로리아보다 너무 멀리 앞서 있었다. 두 사람은 내게 돌아오라고 손짓했다.

"우리, 일몰 보자."

가까이 가자 앨런이 바다 저편을 가리키며 말했다.

나는 바다를 마주하고 난간 너머로 몸을 숙였다. 바람이 귓전을 때렸다. 어렸을 때 아빠가 늘 했던 말이 기억났다.

"주의 깊게 들으면 해가 물에 닿을 때 나는 지지직 소리가 들릴 거야."

나는 정말 아무 소리도 내지 않고 열심히 귀를 기울이곤 했다.

바다 중간쯤에서 공중으로 내뿜는 물줄기가 보였다. 나는 글로리아의 팔을 붙잡고 바다에서 위풍당당하게 미끄러지듯 나오는 커다란 회색 몸통을 가리켰다. 그것은 잠시 맴돌다가 다시 요란한 소리를 내며 바다 밑으로 돌아갔다.

"고래다!"

글로리아가 외쳤다.

"앨런, 봤어? 정말 고래였지? 난 고래를 본 적이 없어."

모든 소리와 움직임이 멈춘 것 같았다. 나와 글로리아와 앨런, 우리는 점점 짙어지는 어둠 속에서 두 눈을 크게 뜨고 서 있었다. 이 거대한 동물이 지나가는 바로 그 시간에 바다를 보다니! 고래는 어디로 가고 있을까? 어디서 왔을까? 마법보다 더 좋았다. 마법이 아닌 현실이었으니까.

그 순간은 지나갔다. 고래와 함께 사라졌다.

글로리아가 몸을 떨었다.

"피시 앤 칩스 먹자."

앨런이 말하며 글로리아를 끌어당겨 어깨를 위아래로 문질러 주었다.

식당은 계단 두 개를 올라가야 했다. 해수면이 높아질 때 물이 들어오는 것을 막기 위한 것이었다. 나는 밖에서 기다려야 했다. 우리는 차에 들어가 음식을 먹었다. 보이지 않는 구멍으로 빨려 들어가듯 낮의 빛이 빠져나가고 있었다.

신선한 공기에 졸음이 몰려왔다. 나는 돌아오는 길에 졸았다. 눈을 떠 보니 집이었다. 집 안은 캄캄했다.

"지금쯤은 네 오빠가 집에 와 있어야 하는데!"

글로리아가 끙 신음 소리를 냈다.

"내가 이야기해 볼게, 여보. 걱정하지 마."

앨런이 말했다.

"좋아요."

글로리아가 말했다. 우리는 복도에서 코트를 벗었다.

"너를 목욕시켜야겠어. 냄새가 나!"

나는 눈을 크게 뜨고 글로리아를 바라보았다.

"농담이야. 하지만 목욕을 하지 않으면 그럴 거야."

어색할 수도 있었겠지만 글로리아는 추위를 막기 위해서라며 가능한 한 계속 나를 수건으로 감싸 주었고, 그 다음엔 욕조 주위에 촛불을 갖다 놓고 메인 등을 껐다. 또 휴대용 라디오를 가져와 재즈 채널을 찾아 틀어 주었고 나 혼자 라벤더 향이 나는 뜨거운 욕조에 몸을 담그고 있도록 자리를 떴다.

내가 욕조에 있는 동안 제이크가 집에 왔다. 제이크와 앨런이 말다툼을 하는 것 같았다.

"난 내가 하고 싶은 대로 할 거예요."

제이크가 소리치며 위층으로 쿵쿵대며 올라갔다.

침대에 들기 전에 해야 할 일이 하나 남아 있었다. 나는 컴퓨터 앞으로 가 샬럿에게 답장을 썼다.

샬럿,

네 이야기를 들으니 마음이 안 좋다. 지금 네가 겪고 있을 일에 비하면 내 문제는 작아 보여. 내가 할 수 있는 건 많지 않지만, 입은 다물고 있겠다고 약속할게.

네 질문에 답할게. 보통 때는 할머니랑 살지 않아. 참 그런데, 어떻게 알았어? 할머니는 우리를 돌봐 주러 오셨어. 아빠는 출장을 가고 엄마는 병원에 입원했거든. 엄마는 임신했는데, 전부 다 괜찮지는 않아. 엄마가 입원하자 할머니가 온 것이 최악인 거 같았어. 알고 보니 꽤 멋진 분이더라. 웃기지?

해리엇.

나는 보내기를 눌렀다. 여전히 아빠한테 조금 화가 나 있긴 했지만 사실은 편지함에 아빠가 보낸 메일이 있기를 바랐다.

잠이 들면서 제이크가 집 밖에서 무엇을 하는지 궁금해졌다. 지난주까지는 제이크와 카메론은 공통점이 그다지 많은 것 같지 않았는데 지금은 찰싹 붙어 다녔다.

30장

다음 날 아침, 잠에서 깨니 머리가 멍했다. 기억해야 할 것이 있었다. 밤새 머릿속에서 전개되던 꿈이었다. 뭔가 제이크에 대한 것이었고, 중요한 것이었다.

나는 고개를 흔들며 눈을 비볐다. 중요한 것이라면 생각날 거다.

제이크는 벌써 일어나 부엌 식탁에 앉아 있었지만 얼굴이 잿빛으로 피곤해 보였고 글로리아와 언쟁을 하고 있었다.

"주말을 너무 신나게 보냈다는 이유로 학교를 빠질 수는 없어. 너한테 중요한 해잖니. 'O'레벨(과거 잉글랜드와 웨일스에서 보통 16세 된 학생들이 치던 과목별 평가 시험. 1988년에 GCSE로 대체됨: 옮긴이) 시험 볼 때가 되었잖아."

"지금은 GCSE 시험이라고 하고요, 내년이에요."

"아무튼."

글로리아가 단호하게 말하며 오트밀 그릇을 제이크 앞에 놓았다.

"먹으면 기운이 날 거다. 틀림없이 친구 집에서 제대로 먹지 않았을걸."

글로리아가 나를 흘끗 보았다.

"갈색 설탕?"

'네.'

글로리아는 꼭 끼는 진을 입고 호피 무늬 숄을 두르고 있었다. 글로리아는 몸매를 과시하는 걸 좋아했다. 나는 할머니치고는 멋있다는 걸 인정하지 않을 수 없었다. 조금 정도가 지나치긴 하지만.

＊

나를 데리러 온 샘은 입이 귀에 걸리도록 웃고 있었다.

"안녕, 해리. 오늘은 어때?"

나는 어깨를 으쓱했다. 사실, 생각해 보면 학교가 그다지 많이 두렵지 않았다. 그래, 놀림은 받겠지. 하지만 6개월 동안 그래 왔어도 난 아직 죽지 않았다. 그리고 일종의, 거의, 친구가 생겼다. 샬럿은 나를 어떻게 생각할지 궁금했다. 친구. 아마도.

결국 샬럿은 다른 사람이 알기를 원하지 않는 비밀을 내게 말했으니까.

"네 땋은 머리는 어디 갔어?!"

샘이 물었다.

나는 환히 웃었다.

"세상에나! 멋쟁이가 되었네. 좋은 미용사가 있었나 보다."

샘이 라디오를 만졌다. 햇살은 주말과 함께 사라졌지만 적어도 비는 오지 않았다.

"엄마 안 오셨구나?"

'네.'

"만나는 봤겠지?"

'네. 별로 좋아 보이지는 않았어요.'

차가 막혀 우리는 꼼짝도 못 했다.

"엄만 무슨 일이니? 할머니는 그냥 입원했다고만 하시던데."

샘이 좌석에서 돌아보며 물었다.

나는 손으로 임신한 배를 흉내 냈다.

"아기를 가지셨어?"

'네.'

"와우!"

뒤차가 조바심을 내며 빵빵거렸고 샘은 다시 운전을 계속했다.

"요즘 병원들은 아주 좋아. 그들이 할 수 있는 걸 보면 놀랍지. 엄마는 가장 좋은 곳에 있는 거야…. 그것 말고는 주말 잘 보냈니?"

나는 뒷거울 속에서 고개를 끄덕였다.

"샘은?"

내가 샘을 가리키며 물었다.

"해리! 넌 믿지 못할 거야. 에벳과 난… 진부하게 들리겠지만, 우린 서로를 위해 태어난 사람들 같아."

난 미소를 지었다. 샘은 처음 보는 종류의 에너지와 행복감을 발산했다.

"이상하지 않니. 이런 느낌은 처음이야. 우린 주말 내내 그냥 … 커피를 마시고 이야기를 나누었어. 에벳! 얼마나 이야기를 잘하고 재미있는지 몰라."

'사랑에 빠졌군요!'

"어, 저기 제이크 맞지?"

차가 교문 안으로 들어갈 때 샘이 물었다.

제이크는 틀린 방향으로 가고 있었다. 교문을 나서는 중인데, 손은 주머니에 들어가 있고 고개는 너무 무거운 듯이 한쪽으로 되롱거렸다.

"제이크는 요즘 좀 삐딱한 거 같다?"

나는 고개를 끄덕였다.

✳

"너, 머리!"

샬럿이 로비에서 말했다.

"돌아봐."

나는 휠체어를 돌려 샬럿에게 등을 보여 주었다.

"와우! 끝내준다! 정말 좋아졌어. 할머니 아이디어야?"

'응'

"멋짐!"

'어떻게 알았어?'

"할머니에 대해 어떻게 알았느냐고? 앨리스가 그러더라. 운전기사가 할머니하고 이야기할 거라고 했다고. 배터리가 나간 날일 거야. 우린 좀 이상하다고 생각했어."

소독약 냄새가 짙게 풍겼다. 관리인이 복도에서 대걸레와 양동이를 들고 있었다. 키가 작고, 체크 무늬 플랫캡 아래로 생강빛 머리카락이 비죽비죽 나와 있었다. 다들 바질이라고 불렀지만, 진짜 이름은 아닐 것 같았다.

"아, 해리엇."

왜 나는 다른 사람들처럼 익명으로 있을 수 없을까?

"친구랑 거기서 기다려라. 오래 걸리지 않을 거야. 휠체어 바퀴에 이 더러운 걸 묻히기 싫구나…. 이렇게 한 녀석이 네 오빠야. 아침 먹은 걸 온 사방에…. 에이, 사내 녀석들!"

관리인은 11학년 셋이 샬럿과 나를 밀고 지나가자 목소리를 높였다.

"너희 눈멀었냐? 원뿔 표지 안 보여? 기다리든지 다른 길로 돌아가든지 해라."

남자애들은 비웃으며 "윽!", "역겨워!" 소리와 함께 오트밀 토사물을 넘어가는 길을 골랐다.

바질은 그들 뒤에 대고 주먹을 흔들었다. 생강빛 머리카락이 부르르 떨렸다.

"너희들 이리 와. 몸에 걸레질을 해 줄 테니."

"얼, 좋아요!"

남자애들이 외쳤다.

*

"여기 어딘가 두었는데…."

프랑스어 수업이 끝난 후 샬럿이 가방을 뒤적이며 말했다.

"있어야 하는데."

"우리 먼저 갈게."

앨리스가 테아와 코디를 뒤따라 복도로 사라지며 말했다.

"미치겠다. 프랑스어 숙제를 연기해서 오늘 제출해야 하거든. 내가 알기로 여기 두었는데."

샬럿은 꽤 당황했다.

"교무실로 가지고 와, 샬럿."

대벌레 선생이 프랑스어 억양 영어로 말했다.

"네, 선생님. 찾으면…."

샬럿은 앞에 있는 책상에 가방을 비웠다. 나는 샬럿 옆을 맴돌며 기다렸다.

"이거 좀 들어줄래?"

샬럿은 폭신한 분홍색 필통과 계산기, 그리고 계산기처럼 보이지만 숫자 대신 글자가 있는 것을 내밀었다. 나는 그것을 켰다.

'안녕 내 이름은 해리엇이야'

나는 글자를 입력하고 액정판을 바라보았다. 그렇다면….

'너는 주말에 뭐했어'

나는 그렇게 썼다.

"드디어 찾았다! 왜 이걸 공책에 끼워 두었을까?"

샬럿이 가방에 책을 정리해 넣으면서 말했다. 샬럿이 손을 내밀었고 나는 필통과 계산기를 건네주었다.

"내 정신이 왜 이러지! 철자검색기는 어디 둔 거야?"

나는 샬럿의 팔을 건드리며 문자를 보여 주었다.

"주말에 뭐했냐고?"

샬럿의 입이 떡 벌어졌다.

"해리엇, 정말 탁월해. 난 왜 이 생각을 못 했을까?"

나는 살짝 맛이 간, 완전히 앨런 스타일의 미소를 짓고 있었다. 완전 새로운 세상을 향해 문이 열린 것 같았다. 소리 내어 말하지 않고도 실제로 말을 할 수 있는 세상.

"음…. 지난 주말은 정말 괴상했어. 아빠는 너무 조용했어. 스카이가 없으니까 온 집 안이 조용해. 아기들이 사라지고 나서야 걔들이 얼마나 시끄럽게 했는지 깨닫는 거야…"

샬럿은 가방을 등에 메고 프랑스어 숙제를 집어 들었다.

"넌 언제 엄마에 대해 알았어?"

우리가 프랑스어 2 교실에서 나올 때 샬럿이 물었다.

'지난 월요일'

나는 문자를 입력했다.

"예정일은 언제래?"

'8월 16일'

"주말에 엄마 만났어?"

'응.'

복도가 꽉 차 있었다. 평소에는 두려워하던 시간이었다. 쉬는 시간과 점심시간에는 다른 아이들에게 무슨 소리를 들을지 몰라 두려웠다. 하지만 지금은 너무 바빠서 누가 무슨 말을 하든 들리지 않았다.

"엄만 어떠셔?"

'몰라. 무서웠어'

나는 흥분한 나머지 속이 울렁거렸다. 말로 해야 한다면 이런 대화는 시도조차 하지 않았을 거다.

샬럿이 교무실 문을 두드리자 내가 모르는 아주 키가 큰 선생님이 문을 열었다. 선생님은 얼굴에 수천 개의 주름을 지으며 으르렁거리듯 물었다.

"무슨 일이냐?"

"이것 좀 르파주 선생님께 전해 주시겠어요?"

선생님이 문을 닫자 샬럿이 킥킥 웃었다.

"스타트렉에 나오는 워프 같지 않니? 무슨 과목을 가르칠까?"

나는 어깨를 으쓱하고 샬럿에게 철자검색기를 보여 주었다.

'엄마 배에 심장박동을 측정하는 줄이 묶여 있었어'

샬럿이 문자를 읽고 깔깔 웃었다.

"걱정하지 마. 그거 아기의 심장박동이야. 병원에서 언제나 달아 놓는 거야. 아무 의미 없어. 너 그 영어 숙제는 어떻게 했어?"

체육 시간 종이 울리자 나는 깜짝 놀랐다. 쉬는 시간 내내 수다를 떠느라 화장실에 숨을 생각조차 하지 않았다.

＊

학교가 끝날 무렵 다시 부슬부슬 비가 내렸고, 샬럿은 샘을 기다리는 나를 본관 입구에 두고 떠났다. 샘이 주차장으로 들어오는 것이 보여서 현관으로 갔는데, 남자애 둘이 출구를 막고 있었다. 나를 보고는 대화를 중단한 채 그대로 서 있었다. 나는 기다렸다.

'나 나가야 돼.'

나는 노려보았다.

"여기 장애인이 가려고 기다리네."

온 얼굴에 여드름이 폭발해 있는 남자애가 말했다.

"알았어."

다른 남자애가 말했다.

"그럼 내일 보자…. 금요일에 어떻게 할지 알려 줘."

마침내 그들은 길을 내 주었다.

*

집에 도착하니 제이크는 없었고 글로리아는 길길이 뛰었다.

"오늘 아파서 조퇴하고 집에 왔더라. 우리에 갇힌 사자처럼 집 안을 배회하며 나를 방해하더구나. 뚱해 가지고. 아파서 조퇴했으면 외출해서는 안 되잖아? 그건 옳지 않아. 제이크가 여러 가지로 힘든 건 안다만, 우리한테 화풀이를 해서는 안 되지 …."

글로리아는 말을 멈추고 나를 내려다보았다.

"미안하다, 얘야. 네 잘못이 아니란 거 알아. 이제 그 이야긴 그만해야겠다. 마실 거 좀 줄까?"

제이크는 저녁 식사 전에 돌아왔다. 훨씬 나아진 모습이었다. 심지어는 자기 방에서 음악을 들으며 대부분의 저녁 시간을 보냈다.

퇴장

'제이크 혼자 비숍스 포스트에 있었다. 제이크는 내 휠체어에 묶여 있었다. 날은 어두웠다. 제이크는 바다 저 안에서 끓어오르는 폭풍을 보고 있었다. 바람에 머리카락이 얼굴 뒤로 마구 끌려갔다. 멍한 얼굴이었다. 텅 빈 얼굴이었다. 눈에서 떨어진 검은 피눈물이 무릎 위에서 웅덩이를 이루었다. 번개가 하늘을 밝히자 난간이 사라지고 없는 것이 보였다. 바다가 요란한 소리를 내며 방파제를 넘어 인도로 쏟아져 내렸고, 흰 거품이 레이스 모양 촉수처럼 휠체어 바퀴 주위를 소용돌이치며 파도가 제이크를 삼켜 버리도록 바다로 유인했다. 휠체어 손잡이에 놓인 제이크의 손등 핏줄이 살갗을 뚫고 빛났고, 우렁우렁 천둥이 울렸다.'

나는 식은땀을 흘리며 잠에서 깼다.

32장

 그날 아침 올컷 선생님은 자리에 없었다. 젠킨스 선생님 말에 따르면 아들을 골절 클리닉에 데리고 갔다고 했다. 그래서 11시 반에 학교 상담실 문 앞에 나와 함께 서 있던 사람은 샬럿이었다.

 "밖에서 기다릴까?"

 '아니, 들어와.'

 나는 문을 가리켰다.

 "내가 들어가도 돼?"

 '그럼. 안 들어올 이유가 없잖아.'

 한 번도 본 적이 없는 여자가 미소를 지으며 문을 열었다. 수년 동안 많은 언어치료사를 만났지만, 하나같이 별 특징이 없었고 한 학기 이상 오지도 않았다.

 "들어와."

언어치료사가 말하며 답답한 작은 방으로 도로 물러섰다. 그런 다음 커피 테이블 뒤에 자리를 잡았는데, 자신의 이름은 말하지 않았다.

샬럿이 나를 따라 방으로 들어오자 언어치료사가 쳐다보았다.

"밖에서 기다릴래?"

"글쎄요, 그럴 수도 있지만 해리엇이 함께 들어오자고 했어요."

"괜찮니, 해리엇?"

나는 고개를 끄덕였다.

"하긴, 안 될 이유는 없지. 저기 문 옆에 의자가 있어."

"그래, 어떻게 지내니, 해리엇?"

나는 상을 찌푸렸다.

"좋아, 후속 평가를 해 보자."

절차는 익숙했다. 이름 모를 언어치료사가 그림을 보여 주면 내가 본 것을 말해야 했다. 나는 의사가 진료실에서 환자의 입 속에 막대기를 넣고 '아 에 이 오 우'라고 말하라는 요청을 받았을 때와 같은 소리를 냈다. 아무 쓸데없는 짓이었다.

테스트는 끝났고, 언어치료사는 차트와 책을 치우고 떠나려고 했다.

"문장 전체를 말해야 해, 해리엇. 연습해 봐. 그게 개선될 수 있는 유일한 방법이야."

"끝난 거예요?"

샬럿이 물으며 자리에서 일어나 문 앞을 가로막았다.

"그래. 오늘은 여기까지야. 돌아가서 수업을 받아도 돼. 다음 상담일에 다시 올게."

"하지만… 이걸로는 충분하지 않아요!"

나는 깜짝 놀랐다. 샬럿은 무슨 말을 하는 거야?

"어, 그런데, 넌 누구니?"

"그냥 친구예요."

샬럿이 시선을 바닥에 떨구고 말했다.

"중요한 건, 해리엇에게 달렸어. 하기 나름이라는 말이 있잖아. 해리엇은 연습이 필요해. 그것이 말을 잘하게 되는 유일한 방법이야."

"하지만 바로 그게 문제예요. 해리엇은 안 하거든요."

"바로 그거야. 자, 미안하지만 난 다른 학교에 가야 해."

샬럿이 문을 열고 언어치료사가 지나갈 수 있게 했다.

나는 샬럿의 팔을 잡고 눈을 들여다보았다.

'마음 쓰지 마.'

하지만 샬럿은 단호했다.

"이건 옳지 않아. 저, 죄송한데요, 선생님."

샬럿이 현관 로비까지 따라가 출입기록부에 서명하고 있는
언어치료사에게 말했다.

"선생님이 해 줄 수 있는 뭔가가 있을 거예요."

"어떤 것 말이니?"

이름 모를 언어치료사가 어깨에 가방을 걸치며 물었다.

"모르겠어요···. 해리엇은 할 말이 무척 많은데, 목소리를 쓰
는 걸 무서워하는 것 같아요."

"그래서 연습이 필요한 거란다."

마침내 부드러운 목소리로 언어치료사가 말했다.

"하지만 그냥 아무하고나 연습할 수는 없잖아요."

샬럿은 무슨 이야기를 하려는 거지?

"무슨 뜻이니? 왜 안 돼?"

"글쎄요. 해리엇이 연습할 수 있는 사람들이 있지 않을까요
···. 편안하게 느낀다면요···. 하지만 해리엇이 잘 모르는 사람
들도 있어요···. 그리고··· 음, 그렇다고 할 말이 없다는 뜻은
아니죠."

"그럼 어떻게 했으면 좋겠니?"

이름 모를 언어치료사는 11시 반 이후 처음으로 관심을 갖
기 시작하는 듯이 보였다.

"잘 모르겠어요. 우린 제 철자검색기를 사용해 왔는데, 그건

좀 성가셔요. 그리고 해리엇은 이메일은 정말 잘 써요. 아, 모르겠어요. 뭔가 방법이 있지 않을까요?"

"있잖니, 이제야 네 말이 이해되기 시작하는 것 같다만?"

언어치료사가 말했다.

'바보 아냐?'

나는 생각했다.

"만약 너에게 맞는 의사소통 장치가 있으면 도움이 되겠니, 해리엇? 너 대신 말을 하거나 아니면 철자검색기에 가까운 것?"

'네. 그런 게 있을까요?'

"글쎄다… 동료들한테 알아봐야겠어…. 재정 지원도 확인해 보고… 부모님께 말해서 어떻게 생각하는지도 들어 볼 필요도 있고. 준비가 좀 필요할 거야. 어떻게 될지 딱히 장담은 못 하겠구나."

"네!!"

샬럿이 입 모양으로 말하며 멍청한 언어치료사 등 뒤에서 양쪽 엄지손가락을 치켜세웠다.

"하지만 말하는 연습은 계속해야 해."

언어치료사의 작별의 말이었다.

"네."

나는 흥분에 사로잡혀 말했다. 왜 전에는 아무도 이런 생각을 못 했을까? 샬럿은 놀라운 친구였다.

문이 닫히자마자 샬럿은 손을 불쑥 내밀었다.

"하이파이브!"

샬럿이 말했다.

"고마워."

하이파이브를 마치고 내가 말했다.

"뭔가 방법을 찾으면 좋겠다."

샬럿의 목소리에는 일말의 의심이 스며 있었다.

지리 교실로 가는 길에 바질을 지났다. 바질이 모자를 톡톡 치며 물었다.

"오빠는 오늘 좀 나았어?"

"네."

내가 목소리를 사용한 것에 샬럿이 엄지척을 했다.

"좋아. 다시는 네 오빠가 아침 먹은 걸 급하게 치우고 싶지 않구나."

뒤에서 바질이 외치는 소리가 복도를 따라 들렸다.

*

그날 오후 영어 시간에 화이트 선생님이 다가와 물었다.

"제이크 해리스가 너의 오빠니?"

나는 고개를 끄덕였다.

"또 아파서 집에 갔니? 오빠만 오후 출석 시간에 없더라."

나는 어깨를 으쓱했다. 내가 어떻게 안담?

33장

글로리아가 막 내 수학 숙제를 도와주는 걸 마쳤을 때 현관
문 열쇠 돌아가는 소리가 나고 제이크가 부엌으로 머리를 들
이밀었다.

"제이크 왔구나. 뭐 좀 마실래?"

"네, 부탁해요, 글로리아. 정말 멋진 날이었죠? 수선화가 막
빛나고 있었어요. 마치 자신만의 햇빛을 만드는 것처럼요. 보
셨어요?"

제이크가 부엌 식탁 의자에 털썩 앉으며 꿈꾸는 목소리로
말했다.

무슨 이야기를 하는 거야?

제이크는 얼굴에 광기 어린 미소를 지으며 잠시 조용히 있
었다.

만약 제이크가 물어보려 하지 않는다면, 그리고 무척 놀란

얼굴로 부엌 싱크대를 응시하고 있는 것으로 미루어 물어볼
것 같지도 않다면, 그렇다면 내가 물을 수밖에.

"엄마 어때요?"

나는 아주 분명한 목소리를 내려고 애를 쓰며 물었다.

"글쎄다…."

글로리아가 제이크 앞에 김이 모락모락 나는 머그잔을 갖다
놓았다. 어떻게 말을 이을까 망설이는 것 같았다.

"오늘 차질이 좀 생겼어. 병원에서 아홉 시에 전화를 걸어 엄
마를 데리고 가라고 하더구나. 퇴원하는 것이었지. 그런데, 우
리가 도착했을 때…."

"네?"

내가 말했다.

글로리아가 차를 홀짝였다.

"아이가 나올 기미가 보였어."

나는 숨을 쉴 수 없었다.

"겁먹지 마. 병원에서 안정시켰단다."

긴 침묵이 흘렀다. 제이크는 머그잔의 무늬를 응시하고 있
었다. 듣고 있었는지 확실하지 않았지만, 마침내 제이크가 말
했다.

"그러니까 엄만 집에 안 오는 거죠?"

"그래, 제이크. 아직은. 미안하다."

글로리아가 식탁 위 제이크의 주먹 쥔 손 위에 손을 올려 놓았다. 제이크는 손을 빼지 않고 그냥 머그잔만 계속 노려 보았다.

우리는 묵묵히 차를 다 마셨다. 글로리아가 우리를 부엌에서 몰아냈다.

"얘들아, 나가 있어. 아니면 누구 상 차릴래?"

제이크가 나를 따라 내 방으로 들어왔다.

"야! 어떻게 드럼이 여기 있는 거야?"

갑자기 꿈에서 깬 사람처럼 말했다.

"글로리아."

내가 말했다. 제이크는 대체 어느 행성에 있다 온 거야? 드럼이 정확히 조용한 물건이 아닌데.

"한번 해 보자."

제이크가 방구석에서 스툴을 당겨 놓고 스틱을 잡으면서 말했다.

"전문가의 연주를 잘 들어 봐!"

제이크는 세게 연타를 친 후 쾅 하는 심벌즈 소리로 끝내는 한 시퀀스를 연주했다. 솜씨가 나쁘지 않았다.

"다시 생각해 보니, 머리에 쥐 나는 데 딱 좋네."

제이크가 스틱을 침대 위에 툭 던지고는 내 말을 기다리는 것처럼 거기 앉아 있었다.

"무슨 일이야?"

내가 물었다.

"뭐래? 그 이야기는 하고 싶지 않아."

제이크가 머리를 문질렀다. 그 순간, 나는 10년 후 제이크의 모습을 볼 수 있었다. 너무 나이 들어 보였다.

"오늘 학교에 있었어?"

"뭐?"

"오늘 학교에 있었어?"

나는 더 분명하게 발음하려고 애를 쓰며 다시 말했다. 제이크가 잘 알아듣도록 손담도 곁들였다.

"어."

"하루 종일?"

"내 일에 관심 꺼."

제이크가 갑작스레 일어섰다.

"화이트 선생님이 그러는데….."

"네 일에나 신경 쓰시지?"

제이크가 툭 밀치며 지나가는 바람에 드럼 키트의 풋 심벌 즈가 요란한 소리를 내며 바닥에 떨어졌다.

현관문이 쾅 하고 닫히는 소리가 들렸다.

"제이크, 다시 나갔어?"

앨런이 거실에서 소리쳐 물었다.

글로리아의 구두가 다급히 부엌에서 현관 복도로 나갔다.

"내버려 둬요, 여보. 돌아올 거야. 내가 방금 리즈 이야기를 해서 그래."

글로리아는 내 방으로 들어왔다.

"저녁 준비됐다, 얘야. 와서 먹어."

저녁을 먹고 이메일을 확인했다. 드디어 웬디 이모에게서 답장이 왔다. 컴퓨터가 고장이 났었다면서, 엄마는 어떤지, 글로리아하고는 잘 지내는지 묻는 내용이었다. 나는 답장을 썼다.

사실, 글로리아는 괜찮아요. 토요일에 함께 시내에 갔다가 내 머리를 커트했어요. 아주 괜찮게 보여요. 그리고 해변도 갔는데, 이모는 절대 믿지 못할 거예요. 고래를 보았어요!! 엄마도 보러 갔어요. 엄마는 온갖 곳에 전선과 튜브를 달고 있어 너무 작고 불안해 보였어요. 하지만 친구 말이 그건 그냥 아기를 관찰하는 거래요. 오늘 아기가 나올 것 같았지만 엄마는 다시 안정을 찾았다고 글로리아가 말했어요. 엄마는 아직 집에 올 수 없어요.

이번 여름에 우리는 이모를 보러 갈 수 있을까요?

해리엇 올림.

*

글로리아가 잠잘 준비를 도와주러 왔을 때 나는 말을 걸어
야겠다고 결심했다.

"걱정돼요."

내가 말했다.

"뭐라고 했니?"

글로리아가 침대에 앉으며 물었다.

"걱정돼요."

"미안하구나, 다시 말해 주렴."

나는 펠트 펜과 종이를 책상에서 집어 들었다. 내 글씨는 아
기가 쓴 것 같았지만, 최선을 다해서 또박또박 썼다.

'걱정돼요.'

빳빳한 흰 종이 위의 빨간 잉크가 피처럼 보였다.

글로리아가 종이를 들고 눈을 가늘게 떴다.

"걱정된다고? 엄마 때문에?"

글로리아가 물었다.

"네. 그리고 에이크."

"제이크는 괜찮을 거야. 그저 겁이 난 거야. 그것뿐이란다. 엄마 때문에도… 새 아기 때문에도… 그리고 너 때문에도 겁이 날 거야. 우리 모두 걱정하고 있지만, 아무튼 제이크는 어려운 나이야. 제이크로서는 힘들다는 거 알아. 조금 궤도에서 이탈하는 것도 놀라운 일은 아니란다. 그건 자연스러운 반응이야."

글로리아는 생각에 잠긴 듯이 보였다.

"있잖니, 나는 그 모든 징후들을 알아볼 수 있어… 나에게도 그런 일이 일어났었거든. 조금 미쳐 버렸지… 지금 제이크처럼."

나는 글로리아가 말을 계속해 주기를 바랐다.

"너희 할아버지…."

글로리아의 목소리가 떨렸다.

나는 글로리아의 무릎에 손을 얹었다. 언제나 진짜 할아버지가 궁금했었다.

"참 좋은 사람이었지…. 난 너무나 그를 사랑했단다…."

글로리아가 숨을 깊게 들이마셨다.

"아무튼… 사고로 세상을 떴어. 공군에 있었는데, 일상적인 비행 임무였어. 아무도 이유를 모르지만, 비행기가 그냥 하늘에서 떨어져 버렸어. 그게 다였어. 그는 가 버렸어. 네 아빠가 태어나기 약 한 달 전 일이었지…. 그토록 오랫동안 아기를 기다리던 사람이었는데…."

그 이야기를 하는 게 너무 괴로워 보였기 때문에 나는 울고 싶어졌다.

"아무튼 그랬단다. 내 삶은 완전히 뒤집혀 버렸지. 남편도 사라지고, 가정도 사라졌지. 우리는 기혼자 사택에서 살고 있었거든…. 모든 것이 사라졌어. 그랬단다. 나를 믿어 봐. 제이크는 훨씬 많이 나빠질 수도 있었어. 제이크는 그냥 자기 공간이 필요한 거야. 친구들하고 있을 필요가 있는 거야. 아마 나쁜 짓은 하지 않을 거야."

그 순간 세상에서 그 무엇보다도, 휠체어에서 일어날 수 있기를, 그래서 글로리아를 팔로 얼싸안고 그냥 그렇게 있을 수 있기를 바랐다.

*

현관 문소리를 듣고 잠이 깼다. 11시 반이었다.

"너냐, 제이크?"

앨런이 졸린 목소리로 외쳤다.

"아뇨, 도둑입니다. 바보 멍텅구리 할아버지."

제이크가 외치며 위층으로 올라갔다. 그리고 샤워실로 갔다가 자기 방에서 달그락거리며 돌아다녔다. 그러고는 잠시 후 부엌으로 내려갔다.

깜빡 잠이 들었는데, 멀리서 다시 현관문이 딸깍하는 소리가 들렸다.

34장

이른 시간에 깜짝 놀라 잠이 깼다. 머리카락이 곤두서는 느낌이었다.

또 그 꿈. 이번에는 그 일이 일어나는 걸 보았다. 슬로모션으로. 비숍스 포스트에서 제이크가 폭풍 속에서 휠체어를 타고 있었다. 손잡이를 앞으로 밀어 벼랑을 향해 나아갔다. 나는 경고하며 돌아오라고 외치려고 했지만 천둥소리가 내 목소리를 삼켰다. 앞바퀴가 가장자리에 걸려 휠체어가 아슬아슬하게 멈췄다. 아직 구할 수 있으리라 생각했는데, 경악스럽게도 제이크가 몸을 앞으로 숙이며 균형을 깼다. 휠체어와 제이크가 물속으로 굴러떨어졌고, 잠시 수면에서 까딱이다가 마치 보이지 않는 손이 끌어 내린 듯 시야에서 사라졌다.

나는 숨을 깊이 들이마셨다. 그건 꿈일 뿐이었다. 그런데 제이크는 어디 있을까? 무엇을 하고 있을까? 다시 잠을 자려고 했지만 오랫동안 조마조마한 마음으로 졸기만 했다.

*

얼굴을 때리는 빛 때문에 깜짝 놀라 잠에서 깼다. 제이크일까? 하지만 글로리아가 커튼을 열었을 뿐이었다.

"일어나라, 어서어서! 화창한 아침이야. 움직이자. 늦었어. 해야 할 일이 좀 남았지만, 삼십 분 안에 학교 갈 준비를 마칠 수 있겠지? 할 수 있고말고. 아침 먹기 전에 옷부터 입자. 어서, 우린 할 수 있어."

글로리아의 에너지는 어디서 오는 걸까?

"여기 옷 있다. 먼저 시작하고 있어. 난 가서 오빠를 깨울게."

내가 할 일을 거의 다했을 때 글로리아가 비틀비틀 방으로 돌아왔다. 글로리아의 기준에서도 그 구두 굽은 너무 높았다.

"놀라운 일의 연속이구나. 오빠가 벌써 일어나 나갔더라. 심지어 아침 식사까지 하고. 사실은 우유를 거의 다 마셔 버렸더라."

글로리아는 그렇게 말하며 단추를 채워 주고 넥타이를 매주고 옷매무새를 제대로 잡아 주었다.

35장

학교에서 오전 내내 눈여겨보았지만 제이크의 흔적은 없었다. 하긴 학교에서 제이크를 언제나 본 것은 아니었지만…. 샬럿과 점심을 함께 먹고 교실로 돌아오는 길에 나는 샬럿의 가방을 잡아당겼다.

"왜?"

샬럿이 물었다.

"철자검색기?"

내가 말했다.

"뭐? 가방에 있을 거야. 잠깐만…."

샬럿은 옆 주머니에서 철자검색기를 꺼냈다.

'영어 교실로 갈 수 있을까'

나는 입력했다.

"왜?"

"에이크."

내가 말했다.

"제이크? 오빠?"

'응.'

"오빠는 왜?"

'어젯밤에 안 들어온 것 같아'

나는 입력했다.

"뭐라고? 무슨 일이래? 여자 친구?"

나는 천천히 고개를 저었다.

'그건 아닌 것 같아.'

"그럼 뭐지?"

'몰라.'

나는 어깨를 으쓱했다. 생각하고 싶지 않았다.

"알았어."

샬럿이 나를 다시 엘리베이터로 이끌었다.

"그런데 왜 영어 교실에 가는 거야?"

'학교에 왔나 보려고'

나는 그렇게 썼다.

"아, 거기가 오빠 교실이구나."

'응.'

영어 1 교실에 제이크의 흔적은 없었다. 카메론도 마찬가지였다. 하지만 앤디가 창가에서 몇몇 여자애들과 이야기를 나누고 있었다. 샬럿은 아이들 발에 차여 교실 주위에 나와 있는 의자들을 치워서 휠체어가 지나갈 수 있게 길을 터 주었다. 앤디가 쳐다보았다.

"안녕, 해리엇."

앤디가 인사했다.

"안녕."

"뭘 도와줄까?"

"오늘 에이크 왔어?"

"에, 제이크 말이야?"

앤디가 샬럿을 보며 말했다.

"응. 해리엇이 걱정하고 있어. 오늘 왔어?"

"아니, 한 주 내내 별로 눈에 띄지 않던걸. 하지만 잘 모르겠어… 이제는 나랑 학교에 같이 걸어오지 않으니까. 지난 몇 주 동안 좀… 제정신이 아닌 거 같더라."

'고마워.'

나는 천천히 고개를 끄덕이며 물었다.

"카메론은…?"

앤디는 다시 설명해 달라는 듯 샬럿을 보았다. 하지만 샬럿도 나의 말을 알아듣지 못했다.

"그걸 써."

샬럿이 휠체어 옆에 떨어져 있는 철자검색기를 가리키며 말했다.

'카메론은 어디서 살아'

나는 입력했다.

"카메론 매카시? 엘름트리 로드. 유원지 근처. 야, 애런."

앤디가 교실 저편을 향해 외쳤다. 머리를 거의 밀어 버린 터프해 보이는 남자애가 쳐다보았다.

"카메론 집이 몇 호지?"

"육십이일걸. 고장 난 자전거들이 밖에 나와 있어. 누가 알고 싶어 하는데? 오호, 걔한테 말해 주는 거야?"

＊

"있잖아."

집에 가는 시간에 샬럿이 내 손에 종이 한 장을 쥐어 주며 말했다.

"내 휴대전화 번호와 메신저 주소야. 내가 할 수 있는 일이 있을지 모르겠지만, 나랑 이야기하고 싶으면 문자를 보내….

그러면 인터넷에 접속할게. 너도 컴퓨터에 메신저 있지?"

　나는 고개를 끄덕였다. 아빠가 밖에 있을 때 가끔 메신저로 이야기를 하곤 했다. 전화로 하는 것보다 쉬웠다. 나는 종이를 접어 주머니에 넣었다.

36장

"엄마는 어떠시냐, 해리엇?"

그날 저녁 샘이 진입로에 차를 세우자 열려 있는 차 문으로 흑멧돼지 여사가 물었다. 내가 알아차리지 못할 것처럼 팔을 뒤로 돌려 뚱뚱한 엉덩이를 긁으면서.

나는 못 들은 척했다. 오늘 오후에는 흑멧돼지 여사의 연설을 정말 듣고 싶지 않았다.

여사는 아랑곳하지 않고 말을 계속했다. 여사의 머릿속에서 벌처럼 윙윙대는 생각을 입 밖에 내는 걸 막을 수 있는 건 없을 거다.

"제이크가 잘 안 보이더구나. 어두워진 다음 말고는. 그렇게 아무 때나 들락거려서는 안 된다고 할머니께 말씀드리고 싶구나."

"맞아요. 그리고 그 말은 내가 터너 부인께 하고 싶은 말입니다."

글로리아가 뒷마당에서 나타나며 말했다. 글로리아의 손가락이 마구 움직거렸고 얼굴 표정은 험악했다.

"부인 일에나 신경 쓰는 게 좋을 거예요."

"아니! 무슨!"

흑멧돼지 여사는 그렇게 말하며 황급히 등을 돌리고 통풍에 시달리는 짧은 다리가 허락하는 만큼 서둘러 자기 집으로 물러났다.

"정말 미안해요. 그냥 염려가 된 것뿐이에요. 그리고 그런 식으로 하는 말을 들어도 난 개의치 않아요. 그런 말을 들을 만하지 않으니까…"

여사의 벌이 돌아와서 쏘아 대나 보다. 그런 생각을 하며 나는 글로리아에게 빙긋 웃었다.

"에이크 봤어요?"

샘이 떠나자 내가 물었다.

"아니. 걱정 그만해. 너보다 먼저 집에 온 적이 없잖니. 곧 돌아올 거야. 뜨거운 거 한 잔 줄게. 태양은 아름다운데 따뜻하지는 않구나."

부엌은 군침이 도는 베이킹 냄새로 가득했다. 글로리아는 레인지 위에 우유를 올려놓고 오븐에서 쟁반을 꺼냈다.

"오늘은 비스킷을 좀 구웠어. 봉지에서 꺼내 먹는 비스킷은 진짜가 아니거든."

나는 동의하지 않을 수 없었다.

"내일 숙제 있니?"

'아뇨.'

"좋아. 그럼 오늘은 좀 쉬기로 하자. 비스킷을 쟁반에 담아 갈 테니 와서 나랑 텔레비전 보자. 네가 저녁 내내 걱정을 되씹으며 방에 앉아 있는 건 싫어."

'좋아요.'

"준비 끝."

글로리아가 알렸다.

"네가 먼저 살펴봐. 좋아하는 건 뭐든 볼 수 있으니까 네가 골라. 앨런은 마권 판매소에 갔거든. 아마 그 후에 친구랑 맥주 한잔하러 가겠지. 좀 있어야 돌아올 거야."

글로리아는 쟁반을 커피 테이블 위에 내려놓고 텔레비전을 켠 다음 리모컨을 내게 건넸다.

"어리석은 늙은이. 앨런 말이야. 한 번도 따지 못하면서 매주 수요일과 토요일에는 총총걸음으로 거기 간다니까. 마치 종교인 것처럼. 미친 바보. 남자들이 그렇단다, 얘야."

＊

글로리아의 닭고기 캐서롤은 맛있는 냄새가 났지만, 나는 음식에 집중하지 못했다. 글로리아와 앨런은 뒷담화가 한창이었다. 앨런은 마권 판매소의 말 많은 여자에 대해, 글로리아는 헬스장의 노령 연금 수령자들에 대해. 꽤 문화적인 모임으로 보였다.

내가 정말 들을 수 있었던 건 째깍거리는 시계 소리뿐이었다. 왜 제이크는 집에 안 올까? 어젯밤에는 어디 있었을까?

＊

저녁을 먹고 난 후 나는 전화를 써도 좋으냐고 물었다.

"당연하지."

글로리아는 놀란 듯 보였다.

"누구하고 통화하려고? 친구?"

나는 고개를 끄덕였다.

내 방으로 전화를 들고 와 제이크의 휴대전화 번호를 찾아보았다. 버튼을 누르는데, 심장이 마구 쿵쿵거렸다. 뭐라고 말하지? 나는 그냥 제이크가 괜찮은지 알고 싶었다.

"지금 거신 전화는 전원이 꺼져 있습니다. 문자 메시지로 전화 주셨다고 전달하겠습니다."

나는 휠체어 배터리를 충전시켰다.

37장

거실 텔레비전에서 공허한 웃음이 터져 나왔다. 소리가 너무 컸다. 앨런은 아빠 소파에서 코를 골았고 글로리아는 잠들지 않으려고 고군분투하고 있는 듯했다. 글로리아는 정말이지 운동이 자신의 몸에 끼치는 대가를 고려해야 했다.

보통 때 휠체어에서 나는 부드러운 윙윙 소리가 해리어 전투기가 이륙하는 소리처럼 들렸다. 난간에 걸쳐 놓았던 코트를 살그머니 잡아당길 때 내 심장은 감히 뛰지를 못했다. 앨런의 휴대전화가 복도 탁자에 놓여 있었다. 잠시 망설이다가 교복 상의 주머니에 쑤셔 넣었다. 현관문을 열고 슬그머니 밖으로 나와 가능한 한 조용하게 문을 닫았다. 보안등이 켜졌다. 나는 긴장해서 흑멧돼지 여사의 집을 바라보았다. 금방이라도 커튼이 확 당겨질 것 같았다. 진입로 맨 아래쪽에서 여사의 거실을 흘낏 보았다. 커튼 틈새로 뚱뚱한 형체가 텔레비전 앞에 있는 의자에 욱여넣어진 게 보였다. 여사는 고개를 뒤로 젖히고 입을 떡 벌리고 있었다.

여기까지는 좋았다. 나는 여사의 시야에서 벗어나고 싶어 휠체어 손잡이를 앞으로 밀었다. 모퉁이를 돌고서야 휠체어를 멈추고 코트를 입었지만 지퍼를 올릴 수 없었고, 배 주위를 따뜻하게 하려고 담요를 높이 끌어 올렸다. 내가 이런 짓을 하고 있다는 게 믿기지 않았다.

구름 한 점 없는 밤이었다. 별들이 나오기 시작했다. 가벼운 산들바람이 17호 정원의 풍경을 댕그랑거렸다. 전에는 심지어 낮 시간에도 혼자서 밖에 나온 적이 없었지만 걱정을 떨치려고 정신을 집중했다. 엘름트리 로드는 적어도 8백 미터는 떨어져 있었다. 거기까지 얼마나 걸릴지 알 수 없었다. 경찰에게 붙들려 집으로 가고 싶지 않았다.

나는 가능한 한 큰 도로에서 멀리 있기로 결정하고 옆 골목으로 방향을 틀었다. 가로등이 곧 꺼질 듯 깜박거렸다. 실제로는 있지도 않은 그림자들이 보였다. 나는 숨을 깊이 들이쉬며 신경을 안정시켰다.

길을 건널 때마다 휠체어로 갈 수 있는 경사면을 찾기 위해 돌아가야 했다. 한 번인가 두 번은 길 한가운데서 인도로 돌아갈 길을 찾고 있기도 했다. 다행히 도로는 조용했고 가끔씩만

차들이 부르릉 지나갔다.

건장하게 보이는 남자가 거대한 독일 셰퍼드를 산책시키며 다가오다가 휠체어가 지나갈 공간을 마련해 주려고 차도 위로 내려섰다. 남자는 질문을 하려는 듯 보였지만 개가 갑자기 휠체어 바퀴를 향해 목줄을 당기며 자꾸만 길게 짖어 댔다. 나는 휠체어가 더 빨리 달리면 좋겠다고 생각하며 서둘러 움직였다. 가슴에서 심장 뛰는 소리가 더 커졌다.

나는 모퉁이를 돌아서 멈추었다. 좁은 인도 아래 세워진 바퀴 달린 초록색 쓰레기통들이 한 무리의 군인들처럼 정면에서 길을 가로막고 있었다. 이 동네는 내일이 쓰레기 버리는 날이 틀림없었다. 머리를 쥐어짜며 경로를 다시 생각해 보았다. 왔던 길을 되돌아가 다시 록스포드 로드 쪽으로 가면 인도로는 더 갈 수 없겠지만 어떻게든 큰 도로로 나가게 될 거다. 큰길을 50미터만 내려가서 왼쪽으로 돈다면 유원지에 이를 거다.

첫 번째 쓰레기통에 다가갔지만 지나갈 수 있는 방법이 없었다. 휠체어를 반대 방향으로 돌려, 양쪽 길을 보면서 경사로를 내려가 차도 위로 갔다. 건너편 도로는 훨씬 더 좁았다. 가망이 없었다! 그냥 도로 중간까지 내려가야 할 거다. 자동차 한 대가 모퉁이를 돌며 눈이 안 보이게 했다. 운전자가 급하게 멈추며 경적을 울렸다. 나는 주차된 차 뒤로 비켜섰다.

"도로에서 나가, 이 바보 멍청아!"

운전자가 소리쳤다. 차가 속력을 내자 타이어에서 귀에 거슬리는 날카로운 소리가 났다.

두 손을 이마에 얹었다. 온몸이 덜덜 떨렸다. 나 뭐했던 거야? 마음이 무너지고 있었다. 포기하고 집에 가야 할까? 하지만 카메론의 집까지 절반 이상을 잘 왔다. 내가 제이크를 찾아내면 제이크는 나랑 집에 갈 거다. 몸이 떨리는 게 가라앉기를 기다렸다가 마음을 단단히 먹고 검은 손잡이를 앞으로 밀었다. 만약 다른 차가 오면 다시 주차된 차들 사이로 숨으면 된다. 간단했다. 간단하기를 바랐다. 긴장감 때문에 목구멍이 아프고 심장은 점점 더 큰 소리로 쿵쾅거렸다. 마지막 주차된 차를 지나가는데 BMW 컨버터블 한 대가 달려오다가 나를 보고는 천천히 지나갔다. 운전자는 데님 재킷을 입고 뉴욕 모자를 쓴 작은 노인이었는데, 나를 제대로 보려고 좌석에서 몸을 앞으로 기울였고 믿을 수 없다는 듯이 크고 뻣뻣한 눈썹을 찌푸렸다. 그는 고개를 저으며 기어가듯 지나갔다.

유원지는 길게 펼쳐진 개방된 공유지였다. 이곳을 지나고, 공원을 지나고, 다리를 건너면 엘름트리 로드가 나올 거다. 나는 몸에 두른 담요를 더 단단히 잡아당겼다. 추위와 긴장 때문에 관절이 몹시 아팠다. 마치 가학적인 물리치료사가 나를 글로리아의 헬스장에서 하루를 보내게 한 것 같았다.

공유지 한가운데를 똑바로 지나가는 길이 있었다. 가장 빠른 길일 거다. 하지만 그 길은 으슥해 보였다. 어둠 속에서, 8시 반에, 휠체어를 타고 가는 어린 여자애! 관심을 끌게 할 수는 없었다. 나는 풀밭 가장자리로 돌아가는 길을 택했다. 산울타리가 어둡게 빛나며 내 옆구리를 위협했다. 거기엔 얼마든지 많은 위험이 숨어 있을 수 있었다. 뭐가 있든 마음을 두지 않으려고 애썼지만, 내 눈은 나를 지켜보고 있는 어둠 속에서 빛나는 수십 쌍의 커다랗고 노란 접시 모양 물건을 힐끗거렸다.

'저건 진짜가 아니야. 밖으로 나오지 않을 거야.'

나는 스스로에게 말했다.

큰 도로로 나오자 마음이 놓였다. 교통량은 더 많았지만 문명과 더 가까워진 느낌이었다. 어떤 차들은 지나갈 때 속도를 늦추는 듯했지만 멈추는 차는 없었다. 나는 차에 탄 사람들이 경찰에게 전화하는 모습을 상상했다.

"혼자 휠체어를 타고 가는 여자애가 있어요."

목줄 없이 길 위에 돌아다니는 개가 있다고 경찰에 전화하는 것처럼 말이다.

바람이 일자 도로 반대편 공원에서 커다란 나무들이 삐걱거리는 소리를 냈다. 갑자기 몹시 추워졌다. 고드름이 손목과 발목을 찔러 대는 느낌이었다. 나는 왼손을 담요 속에 묻었다.

건널목에서 큰 도로를 건너야 했다. 나는 버튼을 누르고 신호등에서 녹색 남자가 나오기를 기다렸다. 이곳의 공기는 더 축축했고, 강물 냄새가 났다. 신호가 바뀌고 차들이 멈추자 길을 건넜다. 빳빳이 세운 흰색 칼라를 두르고 친절한 얼굴을 한 남자가 피에스타 차창에서 고개를 내밀었다.

"괜찮니?"

남자가 물었다.

나는 고개를 끄덕이며 미소를 지으려고 애썼다. 나 혼자 밤에 외출하는 게 보통인 것처럼 보이고 싶었다. 길을 건너가 다리 위를 지났다. 신부님은 천천히 지나갔다. 나는 손을 흔들며 미소를 보내면서 신부님이 만족해하기를 바랐다. 신부님 차가 속도를 내어 달리자 나는 안심이 되었지만, 신부님은 집에 가자마자 경찰에게 말할 거라고 확신했다.

나는 오른쪽으로 돌아 엘름트리 로드로 들어섰다. 추위에 발이 떨어질 것 같은 느낌이 들기 시작했다. 몸을 앞으로 숙이고 다리를 담요로 더 단단히 감쌌다. 이쪽 집들 숫자가 전부 짝수인 걸 보니 길을 건널 필요가 없었다.

엘름트리 단지는 유아차들이 많은 것으로 보아 젊은 가족들로 가득했다. 이런 가족을 염두에 두고 보도가 만들어져 더 넓고, 더 매끄럽고, 다니기가 더 쉬웠다.

내가 있는 쪽 길에 동네 상점들이 늘어서 있었다. 환영받는 느낌으로 밝은 불빛을 향해 다가가는데 주류 판매점 문이 열리며 한 무리의 젊은이들이 떠들썩하게 보도로 굴러 나왔다. 나는 키 큰 산울타리 뒤에 몸을 숨기고 밖을 엿보았다. 제이크가 있을까? 아는 얼굴은 없었다. 그들 대화에 귀를 기울여 보니 공격적이고 따분해하고 있었다. 한 가지는 분명했다. 그들은 행동거리를 찾고 있었다. 나는 아무 탈 없이 그들을 지나치지 못할 걸 알았다. 잠시 기다렸지만 그들은 움직일 의향이 없는 듯했다. 나는 38호 바깥에 있었고, 카메론의 집은 상점들을 훨씬 지나야 있을 거다. 오른쪽에 골목이 있었다. 아마도 큰 도로와 평행하게 상점들 뒤쪽으로 나 있는 통로일 거다. 선택의 여지가 없었다. 나는 숨어 있던 곳에서 나와 좁은 골목으로 들어섰다. 불빛이 없었다. 나는 망설였지만 잠시뿐이었다.

이번에는 더 천천히 앞으로 나아갔다. 그 골목은 실제로 집과 가게들 뒤 보행자 통로와 이어졌다. 무리의 공허한 웃음소리와 환성 소리만 바람에 실려 왔다. 나의 두 눈은 천천히 희미한 빛에 적응했다.

상점 뒤 바퀴 달린 쓰레기통들에는 쓰레기가 넘쳤다. 발톱으로 긁는 소리가 나서 속도를 줄이니, 여우 한 마리가 저녁 식사를 하다가 쳐다보았다. 휠체어에서 몇십 센티미터 떨어진 곳이었다. 여우의 두 눈이 달빛 속에서 초록색으로 번쩍였고, 그 자리에 얼어붙은 듯 꼼짝 않고 나를 주시했다. 나도 멈춰 서서 여우를 응시했다. 마침내 여우는 눈을 깜박이더니 몸을 돌려 꼬리를 나부끼며 근처 정원으로 사라졌다. 2주 전에 내가 혼자서 시내를 절반쯤 가다가 캄캄한 골목길에서 여우를 만날 거라는 이야기를 들었다면, 그런 일은 있을 수 없다고 생각했을 거다.

일단 상점들을 지나자 큰 도로로 돌아가는 다음 골목길로 들어섰다. 56호가 나타났다. 거의 다 왔다.

애런이 자전거에 대해 한 말은 옳았다. 거리의 다른 집들 대부분은 깔끔했고, 작은 자갈 정원에 바보처럼 미소 짓는 정원 요정이나 가짜 물 펌프가 있었다. 하지만 62호 정원은 다른 집들과 달리 허름했다.

이 집이구나. 나는 제이크가 거기 있기를 바랐다.

38장

그 집은 정원만큼이나 허름했고, 현관문 유리는 금이 가 있었다. 초인종은 너무 높아서 휠체어에서는 손이 닿지 않아 편지함을 두드리고 기다렸다. 불이 켜져 있었는데 한 남자의 그림자가 문에서 멀어졌다. 나는 몸을 더 앞으로 기울이고 더 크게 쾅쾅 두드렸다.

그림자가 다가오며 발끝을 찧었다고 욕을 했다. 남자가 천천히 문을 열었다. 기름칠한 머리에 까칠한 수염이 검은 선을 그리고 있었고, 강한 위스키 냄새가 났다.

"어!"

남자가 놀란 눈으로 나를 내려다보며 말했다.

"매카시 씨?"

"뭐? 여보 앤절라! 문간에 휠체어를 탄 아주 작은 뇌성마비 소녀가 있어!"

남자가 외쳤다.

"아 뭐야, 지미. 또 헛것을 보고 있나 보네."

안에서 목소리가 들렸다.

"정말 아냐, 앤절라. 우리 카메론의 목숨을 걸고!"

"아 그러셔. 그럼 내 동생은 교황이겠네, 순 멍청이. 이리 들어와. 내 저녁 어디 있어?"

매카시 씨는 아내 말이 맞다고 생각하는 듯 확신 없는 눈으로 나를 바라보았다. 그에게 나는 헛것에 불과했다. 그는 문을 닫았고 그림자가 비틀거리며 다시 복도로 돌아가는 게 보였다.

나는 현관문의 들뜬 파란색 페인트 부스러기를 응시했다. 술에 과도하게 탐닉한 나머지 환각을 보는 것에 너무 익숙한 카메론의 아빠는 헛것을 봐도 그러려니 하는 것 같았다. 이토록 속수무책인 상황이 아니었다면 재미있었을 거다. 술 취한 멍청이가 나를 환영으로 생각하라고 여기까지 온 것은 아니었다.

나는 다시 문을 쾅쾅 두드렸다. 여전히 아무 대답도 없었다.

"참 내, 내가 말했잖아, 앤절라…."

"내 말 들어, 지미 매카시. 문 앞에 작은 불구자는 없다고!"

이번에는 훨씬 더 세게 다시 쾅쾅 두드렸다.

"앉으라고 했지! 다음번에는 요정이 왔다고 하겠네."

나는 화가 나서 주위를 둘러보았다. 이 엉망인 정원에 막대기가 있을까? 벽에 기대 있는 망가진 빗자루를 발견했다. 내가 초인종을 누르면 앤절라는 내 존재를 부정하지 못할 거다.

흔들리지 않고 초인종에 갖다 대려고 애쓰는 동안 빗자루 손잡이가 문에 부딪쳐 달가닥거렸다. 초인종이 울렸다. 더 이상 나의 존재에 대해 논쟁할 여지가 없을 정도로 오래 눌렀다. 매카시 씨가 외쳤다.

"갑니다, 가요! 알았어, 알았다고!"

문을 휙 열면서 그가 물었다.

"뭐야?"

"카메론 있어요?"

"뭐라고?"

매카시 씨는 내가 자신을 칠 거라고 생각하는 듯이 망가진 빗자루를 주목했다. 빗자루로 한 대 쳤더라면 정신을 차렸을지도 모르겠다.

"카메론."

"아, 카메론!"

그가 외쳤다.

"카-메-론."

매카시 씨는 비틀거리며 계단 맨 아래로 갔다.

"카메론! 누가 찾아왔다."

매카시 씨는 평생 이보다 더 이상한 광경을 본 적이 없다는 듯이 눈썹을 긁었다.

"내 참, 내가 말했잖아, 앤절라…."

매카시 씨가 거실로 가면서 말했다.

카메론이 쿵쿵거리며 계단을 내려왔다. 아버지보다 상태가 더 나빴다. 두 눈은 거대한 바다였는데, 나를 바라보기보다는 내 주위를 둘러보았다.

"왜 왔어?"

카메론이 혀 꼬부라진 소리로 물었다.

"에이크 어디 있어?"

카메론은 문틀을 잡고도 좌우로 흔들리고 있었다. 나는 그가 쓰러질까 봐 두려웠다.

"야아! 너 별들 봤어?"

카메론이 말했다.

"에이크 어디 있어?"

나는 다시 물었다. 점점 더 화가 났고, 점점 더 불안했다.

"제이크?"

카메론은 마치 누군가 이국적인 꿈에서 그를 끌어내는 것처럼 물었다.

"에에… 몰라. 우린 공원에 있었어. 난… 집에 왔고… 제이크

도 집에 갔을 거야. 하지만⋯ 걔 많이 취했어⋯. 믿을 수 없이
⋯. 야!"

하지만 나는 이미 후진해서 정원을 나오고 있었다. 제이크
가 공원에 있을 거라는 이야기 말고는 카메론이 무슨 말을 하
는지 몰랐다. 속이 메슥거렸다. 제이크가 카메론보다 더 나은
상태이기를 바랐다. 하지만 카메론은 집에 왔고, 제이크는 오
지 않았다.

39장

네 개의 하얀 기둥이 유령 보초병처럼 공원 문을 지키고 서 있었다. 그들 사이에 세 개의 문이 매달려 있었는데, 모두 무거운 자물쇠로 잠겨 있었다. 제이크의 가방이 철책 안쪽에 기대어 있었다. 바람이 불며 나뭇잎 없는 아치 모양 나뭇가지에서 신음 소리가 났다.

내가 아는 한 공원으로 들어가는 입구는 여기 하나뿐이었다. 나는 제이크를 부르며 온 힘을 다해 그 주위를 돌았다. 산울타리는 감옥의 벽처럼 제이크와 나 사이를 굳건하게 가로막고 있었다. 나는 어린이 구역을 지났다. 몇 년 전에 우리는 거기서 엄마와 함께 안전하고 마음 편히 웃으며 놀았다. 지금은 달랐다. 시설도 많아졌고, 페인트칠도 새로 했고, 표면도 매우 안전한 고무로 깔았다. 놀이터는 텅 비었고, 거기서 놀던 행복한 아이들은 모두 이불을 덮고 침대에 들어가 있었다. 그네 하나가 바람 속에서 무심하게 흔들렸다. 보이지 않는 엄마가 유령 아이를 밀어 주고 있는 것 같았다.

거의 정문으로 돌아왔을 때 산울타리 틈새로 사람이 보였다. 정자 옆 벤치에 고개를 푹 숙이고 헝겊 인형처럼 팔을 양옆으로 축 늘어뜨리고 앉아 있었다. 시간이 느리게 가는 것 같았다. 더 이상 바람 소리도 들리지 않았고, 몸은 얼어붙어 아무 느낌이 없었으며, 머리는 빙빙 돌았다. 나는 제이크라고 확신하며, 폐에 공기를 가득 채웠다.

"제-에이크!"

한 번도 소리 지른 적이 없는 사람처럼 소리를 질렀다. 내 목소리가 마치 눈에 보이는 형태가 된 듯 날개가 돋더니 위로 떠오르는 게 느껴졌다. 나는 그것이 산울타리 틈새를 지나 오솔길을 건너 잔디밭을 지나가는 것을 지켜보았다. 그것은 깔때기 속으로 들어가듯 남자의 귀로 들어갔다. 벤치 위에 앉아 있던 남자가 마치 인형을 부리는 사람이 인형에게 손을 흔들게 하려고 애쓰는 것처럼 흐느적흐느적 한쪽 팔을 들어 올렸다가 다시 축 늘어뜨렸다.

어떻게 할 수 있을까? 우리는 아주 가까이 있었지만 동시에 아주 멀리 있었다. 벤치 위의 남자가 갑자기 몸을 앞으로 기울였다. 경련이 일어나 풀밭에 토하는 것 같았다. 얼굴이 보였다.

분명히 제이크였다. 제이크는 벤치에서 주르르 미끄러지며 찬 공기 속에서 김이 나는 토사물 위로 엎어졌다.

나는 담요를 내팽개치고 휠체어에서 내려 산울타리 틈새로 돌진했다. 옹벽에 정강이를 부딪쳤고 뾰족한 가지들이 내 옷을 움켜잡았다. 코트가 꽉 붙들리는 바람에 나는 산울타리 아래 진흙과 낙엽 위로 얼굴부터 넘어졌다. 팔은 뒤에서 공중에 뜬 채로. 코가 돌멩이에 부딪쳐 피가 나기 시작했다. 통증 때문에 잠시 앞이 보이지 않았다.

오른팔은 소매에서 제법 쉽게 빠져나왔고, 왼팔은 따라올 때까지 몸을 앞쪽으로 끌어 올렸다. 팔꿈치를 짚고 온 힘을 다해 몸을 끌어당기자 쓸모없는 다리가 따라왔다. 오솔길을 건너는데 날카로운 돌멩이가 배를 찔렀다. 나는 개의치 않았다. 눈을 제이크에게 고정하고 조금씩 앞으로 나아갔다. 제이크는 또 한 번 경련을 일으키며 고통스러워했다. 제이크에게 가야 했다. 이제껏 알지 못한 힘이 넘치는 두 팔로 몸을 끌고 당기며 풀들을 넘어갔다. 제이크 옆에 가기까지 몇 분밖에 걸리지 않았겠지만, 영원의 시간이 흐른 것 같았다.

내가 갔을 때쯤에는 제이크는 얼굴을 토사물에 박은 채 움직이지 않았다.

나는 가까스로 제이크의 몸을 뒤집었다. 제이크는 갈색 점액으로 덮여 있었다. 내 상의 소맷동으로 제이크의 입과 코에 묻은 토사물을 닦아 냈다. 제이크의 가장 좋은 후드 재킷 위로 내 코피가 뚝뚝 떨어졌다. 제이크는 신음했고, 나는 울음이 터질 것 같았다.

"제이크, 제이크."

아무리 불러도 제이크는 깨어나지 않았다.

나는 왼쪽 팔꿈치로 몸을 밀어 올린 다음 균형을 잡으려고 애쓰면서 상의 주머니에서 앨런의 휴대전화를 꺼냈다. 순간 어깨가 무너지며 오빠 옆으로 굴러떨어졌고, 머리카락은 토사물 속으로 들어갔다. 냄새 때문에 속이 뒤집혔지만 개의치 않았다.

"긴급구조대입니다. 무엇을 도와드릴까요?"

젊은 여자의 목소리가 들렸다.

"저… 저…"

나는 노력했다.

"여보세요?"

숨을 깊게 들이마셨다. 납덩어리가 목구멍을 막고 있는 느낌이었다.

"여보세요, 어디세요?"

"고… 고…"

속에서 분노가 끓어올랐다.

"공원."

나는 소리쳤다.

"알겠습니다. 공원에 계시군요. 어느 도시입니까? 전화 거신 곳은 애버딘 사무국입니다."

도무지 믿기지 않아 전화기를 던질 뻔했다. 스코틀랜드?! 그렇다면 나는 애버딘에서 수백 킬로미터 떨어진 곳에 있었다.

"여보세요?"

목소리가 물었다.

완전한 좌절감과 혐오감에서 전화를 끊었다. 집에 전화를 했지만 통화 중이었다.

나는 땅바닥에서 몸을 일으켜 제이크를 흔들었다. 제이크는 신음 소리를 냈지만 더 이상의 움직임은 없었다.

제이크의 가슴 위로 쓰러졌다. 온갖 곳이 아팠다. 찢어진 블라우스 사이로 피가 배어 나왔다. 블라우스를 들추고 보니 배꼽 바로 위에 깊은 상처가 있었다. 문득 샬럿의 번호가 주머니에 있는 것이 생각났다.

나는 휴대전화에 문자를 입력했다.

'도와줘! 엘름트리 로드 맞은편 공원. 당장 구급차 필요해. 해리엇.'

나는 문자를 보냈고, 손가락을 교차시켜 행운을 빌었다.

몇 초도 안 되어 전화가 울렸다.

"해리엇? 샬럿이야. 문자 받았어. 방금 네 생각을 하고 있었어."

나는 울음을 터뜨렸다.

"무슨 일이야? 제이크 찾았어?"

"응."

"제이크 괜찮아?"

"아니."

"아빠가 구급차를 부르고 있어. 오빠 어떻게 된 거야?"

나는 제이크의 얼굴을 바라보았다. 마치 자고 있는 듯했다.

"의식… 없…어."

"뭐어? 넌 어때? 괜찮아?"

나는 찢어진 옷과 피를 바라보았다. 꽁꽁 언 무감각한 근육과 관절이 불에 타는 것 같았다.

"대충…."

"있잖아. 나 지금 옷 입고 있어. 아빠가 운전해 준대. 거기 가는 데 오래 걸리지 않을 거야. 십 분이면 도착할 거야."

샬럿은 전화를 끊지 않고 계속 말을 했다. 나는 전화기를 생명줄처럼 꽉 잡았다. 영원과도 같은 시간이 흐르고 다가오는 사이렌 소리가 들렸다. 공원 나무들이 파동치는 파란색 불빛으로 빛났다. 샬럿이 문 옆의 산울타리 사이로 기어 들어왔다. 나는 제이크의 가슴에 머리를 처박고 전화기를 떨어뜨렸다.

40장

흐릿한 통증과 잠과 진통제 속에서 며칠이 지났다. 제이크와 나는 둘 다 병원으로 실려 갔다. 글로리아와 앨런이 어느 순간에 초췌한 모습으로 나타났다. 나는 가벼운 부상과 탈진으로 응급실에서 진료를 받았고 어린이 병동으로 갈 거라는 말을 들었다. 의사들은 제이크에게 주삿바늘과 액체를 꽂은 후 다른 병동으로 데려가려고 했다. 하지만 내가 난리를 쳤기 때문에 어린이 병동의 병실 하나에 침대 하나를 더 갖다 놓았다.

밤에 여러 번 잠이 깼다. 제이크의 침대에서 간호사들이 맥박과 혈압을 쟀다. 나는 소리 없이 누워서 기도했다. 제이크가 괜찮기를. 내가 제때에 제이크에게 갔기를.

몇 시간 뒤 다시 눈을 뜨니 제이크가 나를 바라보고 있었다. 마침내 깨어난 거다. 글로리아가 병실 구석에 있는 딱딱한 의자에 어설프게 앉아서 졸고 있었다. 얼굴이 잿빛이고 늙어 보였다.

"내가 꿈을 꾸었나? 네가 내 이름을 제대로 부르더라⋯. 공원에서."

제이크의 목소리가 잠겨 있었다.

"맞아. 제, 제이크."

나는 온 정신을 집중해서 말했다.

제이크는 미소를 지었고 우리는 침대의 창살 사이로 손을 잡고 다시 잠 속으로 떠내려갔다.

내가 다시 일어났을 때는 늦은 오후였다. 제이크가 눈을 뜨고 얼굴을 비볐다.

"괜찮아?"

"그런 것 같아."

제이크의 목소리는 쉬어 있고 힘이 없었다.

"어떻게 된 거야?"

"순식간에 일어난 일들이라서⋯. 나쁜 짓을 좀 했어."

눈물이 내 베개 위로 떨어졌다.

"생각하지 마. 이제 모두 끝났어."

제이크가 갈라진 목소리로 말했다.

"약속?"

"오 해리엇! 약속해… 너무 미안해."

*

그날 저녁 글로리아가 옷을 갈아입으려고 집에 갔을 때 엄마
가 산부인과 신생아 병동에서 내려와 눈물을 흘리며 껴안아 주
었다. 초콜릿도 가져왔다. 휠체어를 탄 엄마를 보니 이상했다.
엄마 병동의 간호사는 엄마가 딱 20분 동안만 머물게 했다.

"아직 낙태를 할 수도 있대."

엄마가 갔을 때 내가 말했다.

"낙태를?!"

제이크가 공포에 질려 말했다.

"왜 안 돼?"

"그건 너를 배신하는 것과 같을 거야."

'무슨 말이야?'

"만약 네가 장애인이 될 걸 알았다면 엄마는 너도 낙태를
했을 거라는 말과 같잖아."

우리는 한동안 아무 말도 하지 않았다.

"만약 네가 아니었다면, 해리엇, 오늘 내가 여기 있을 것 같
지 않아. 그랬더라면…"

*

다음 날, 면회가 허락되었다. 앨런은 잠시 왔다 갔다. 샬럿은
아빠와 함께 왔다. 샘은 하루 일을 쉬고 에벳과 함께 내가 지
금까지 본 것 중에 가장 거대한 꽃다발을 갖고 왔다. 제이크의
친구들도 몇 명 왔지만, 카메론은 오지 않았다. 경찰이 왔고,
기자 하나도 우리를 인터뷰했다.

*

아빠는 다음 날 아침 일찍, 슬픔과 미안함으로 가득 차, 공
항에서 바로 와서는 우리를 집으로 데리고 갔다.

*

일주일 후 밀턴 종합 중등학교에 돌아가니 10년 만에 가는
것 같았다. 이제 따뜻한 봄 햇살 속에서 꽃들이 피어나고, 덤
불들은 마침내 꽃망울을 틔우고 있었다.
　샘이 미니버스의 문을 열자 나는 경사로를 천천히 내려와
백 개의 거대한 창문들을 올려다보았다.

"몸 괜찮아?"

샘이 미소를 지었다.

나는 눈물 어린 미소를 지었다.

"이리 와."

샘이 그렇게 말하고 팔로 나를 얼싸안았다.

나는 샘의 어깨를 팔로 감쌌다. 샘의 머리에서 왁스 냄새가
났다.

"괜찮을 거야, 해리. 어서 가 봐."

*

복도를 따라가는 내내 아이들이 나를 불렀다.

"안녕, 해리엇!"

"잘했어, 해리엇!"

"텔레비전에서 보았어."

"존경해!"

나는 당황해서 샬럿을 바라보았다.

"너 지역 뉴스에도 나오고 전국 뉴스에도 나왔어. 몰랐어?"

샬럿이 미소 지으며 내 어깨를 쓰다듬었다.

샬럿이 교실 문을 열어 놓았다. 내가 들어가자 교실이 조용

해졌다. 모두들 몸을 돌려 나를 지켜보았다. 내가 자리에 앉자 그렉조차 마지못해 감탄하는 눈으로 나를 바라보았다.

"잘했어, 해리엇."

그렉이 쑥스러운 듯 말했다.

"사람들이 그러는데, 네가 구급차를 안 불렀으면 제이크는 죽었을 거래."

그 말은 할 필요가 없었지만, 아무튼 휴전하자는 뜻 같았다. 젠킨스 선생님이 환하게 웃으며 교실 안으로 걸어 들어오는 바람에 대답하지 않아도 되었다.

"해리엇, 돌아온 것을 환영해!"

누가 시키지도 않았는데 반 아이들 모두가 박수를 치기 시작했다.

*

나는 이제까지 본 것 중에 가장 거대한 거울을 들여다보았다. 메이크업 아티스트가 내 얼굴을 평소에는 절대 보여 주지 않던 지적인 느낌으로 반짝이게 했다. 나는 오늘을 위해 특별히 새로 산 일렉트릭 블루 색깔의 실크 블라우스를 입었다. 가볍게 노크 소리가 나고 엄마가 들어왔다. 엄마의 커다란 배는 흰색 이브닝드레스를 팽팽하게 늘여 놓았다.

"준비 다 됐니?"

나는 고개를 끄덕였다.

"문을 열어 둘게. 오 분 뒤에 무대 뒤에 있으라더라."

엄마가 뒤뚱뒤뚱 걸어 들어와 내 정수리에 입을 맞추었다.

"네가 자랑스러워."

엄마는 거울 속의 나를 응시했다.

"정말… 빛나 보인다. 이거 봐, 엄마가 눈물이 나려고 해! 에그, 가야겠다. 우린 두 번째 줄에 있어…. 너 정말 근사하다."

엄마는 갔다.

그 노래가 다시 마음속으로 스며들었다.

"난 내가 보는 것들로부터 숨을 수 없어.

거울은 결코 진정한 나를 보여 주지 않아.

내 안의 나는 웃고, 내 안의 나는 갈망해.

내 안의 나는 울고, 내 안의 나는 용감해.

난 네가 생각하는 그런 존재가 아니야.

내 안의 나는, 나야."

나는 마지막으로 거울을 보았고, 겉모습은 개의치 않기로 했다. 이제는 내 안의 나 자신이 자랑스러웠다.

나는 분장실에서 나와 켄트 공작부인을 만났고, 용감한 청소년 상을 받았다.

*

나는 휠체어를 탄 채 글로리아 옆에 있었다. 우리는 난간에 기대어 남극해의 잔물결 속에서 놀고 있는 태양을 지켜보았다. 아직 10시가 되지 않았는데도 기분 좋게 따뜻했다. 제이크가 산책로를 오르내리며 쫓아다니자 대런과 키어스턴은 비명을 질렀다. 우리는 그날 아침 영국에서 온 전화를 받았다. 엄마가 남자아이를 낳았다고 했다. 아기는 단지 3주 일찍 태어났다. 조금 이르긴 했지만 모든 것이 괜찮았다.

"아기 이야기 들어도 기분 괜찮니?"

글로리아가 물었다.

'네.'

"전혀 걱정 안 하는 거 맞지?"

나는 고개를 끄덕였다.

"정말이지?"

하지만 글로리아는 여전히 걱정스러운 표정이었다.

'일어날 일은 일어나고야 만다'

나는 휠체어에 부착된 새로운 의사소통 보조 장치에 문자를 입력했다.

글로리아는 그 대답에 만족한 듯 보였다. 우리는 저 멀리 아치를 그리고 있는 바다를 보려고 뒤로 돌아섰다.

"있잖니."

글로리아가 10센티미터 높이의 샌들에 몸무게를 옮기며 말했다.

"할아버지는 너희 아빠가 태어나기 직전에 돌아가셨다고 한 말 기억하지?"

"네."

내가 말했다.

"우리가 그토록 아기를 갖고 싶었던 이유 중 하나는 내가 이미 아기를 두 번이나 가졌다가 사산했기 때문이야. 둘 다 여자애였지. 아빠를 낳고 남자아이여서 좋았단다…. 아빠를 낳은 걸 결코 후회하지 않아. 하지만 난 늘 나의 아이라고 부를 수 있는 작은 여자애가 있기를 갈망했어. 그저 행복하고 건강한 여자애를 내 팔로 안아 보고 싶었지."

글로리아가 말을 이었다.

"네가 들어섰다는 말을 듣고 전율이 흐를 정도로 기뻤단다.

난 네가 여자애일 거라고 확신했어."

글로리아가 몸을 돌려 나를 마주 보았다. 등을 난간에 기대고 내 손을 잡으려고 두 손을 뻗었다.

"난 너무 상처를 받았단다. 네가… 장애가 있다는 걸 알고서 … 아무 상관도 하고 싶지 않았어. 말하기 부끄럽다만."

글로리아의 목소리가 떨렸고 단어들은 멈칫멈칫 끊어졌다 이어졌다.

"내가 틀렸어…. 너를 아는 시간을 더 가졌어야 했어. 지금은 알아…. 너랑 시간을 보내 봤으니까. 네가 얼마나 특별한지 알 수 있으니까."

글로리아는 나를 끌어안았다. 나도 글로리아를 끌어안았다. 눈물이 내 얼굴 위로 소리 없이 흘러내렸다. 나는 나의 할머니의 어깨에 머리를 비볐다.

글로리아가 마침내 팔을 풀었고 말했다.

"사랑한다. 이제 드디어 난 언제나 나의 아이인 작은 여자애를 갖게 되었구나."

'나도 사랑해요.'

글로리아가 일어섰고, 우리 둘은 바다를 향해 돌아섰다. 멀리서 두 개의 물줄기가 허공으로 치솟더니 커다란 대왕고래와 작은 대왕고래가 바다에서 솟아올랐다. 시간이 느리게 흘렀다. 두 개의 회색 포물선이 반짝이는 수면 위에 그려졌다. 고래들은 다시 첨벙 물속으로 돌아갔다. 꼬리가 허공에 떠 있다가, 모두 시야에서 사라졌다.

나는 글로리아의 손에 내 손을 넣고 꼭 쥐었다.

지은이의 말

《소리 내어 말하지 않아도》를 다 쓰기까지는 상당히 오랜 시간이 걸렸다. 아이디어는 내가 대학에 다니던 2006년에 처음 떠올랐다. 뇌성마비 장애가 있는 내 딸 케이티는 당시 초등학교에 다녔고, 나는 동네 일반 중등학교에 보낼지 아니면 멀리 있는 특수학교에 보낼지 고심하고 있었다.

케이티가 태어났을 때 우리 가족은 케이티가 말을 할 수 있을지, 아니 걸을 수나 있을지 장담할 수 없었다. 우리의 걱정과 다르게 케이티는 밝고, 위트가 넘치며, 다른 자녀들처럼 아주 장난꾸러기로 자랐다. 행복한 소녀, 그 자체였다. 하지만 케이티와 말을 해 보지도 않은 사람들이 어떻게 이러한 사실들을 알 수 있을까? 혼자 힘으로 걸을 수조차 없지만 자신의 인생길을 스스로 헤쳐 나가고 있다는 사실을 어떻게 짐작할 수 있을까? 함께 시간을 보내지 않으면, 함께 대화하지 않으면, 결코 알 수 없으리라는 생각이 들었다.

《소리 내어 말하지 않아도》는 그런 고민들에 대한 답을 모색해 본 것이다. 이 책을 쓴 동기와 수업에서 쓸 자료에 대해 더 많은 정보를 얻고 싶으면 나의 웹사이트(www.katedarbishire.com)를 한 번 보기 바란다.

케이트 다비셔 ♡♡

옮긴이의 말

'뇌성마비 장애인이 길을 물어본다면'이란 제목의 동영상을 본 적 있다. 사람이 많이 오가는 거리에서 뇌성마비 장애인이 은행을 묻는 실험 영상인데, 많은 행인은 못 들은 척 그냥 지나쳐 가고 심지어 "꺼져!"라고 내뱉는 이도 있었다. 물론 도와주려는 사람도 있고, 나아가 기꺼이 은행까지 함께 가 주는 사람도 있었다. 장애인이 도움을 청할 때 많은 이들이 도움보다는 외면을 택하고 있는 것이 현실임을 알려 주려는 의도가 잘 읽히는 영상이다. 몇 달 전에 올린 것인데 오늘 보니 조회수가 100만에 가깝다. 이 영상을 본 대부분의 사람들은 영상의 의도야 어떻든 도움 요청을 외면하는 이들에게 마음이 불편했을 성싶다.

이 책의 화자 해리엇은 동영상의 장애인보다 신체의 기능 장애가 훨씬 중증이다. 휠체어를 타야 하고, 소리 내어 의사를 표시하기보다는 손으로 뜻을 전하는 손담을 훨씬 편하게 느낀다. 하지

만 이 책은 해리엇의 장애로 인한 부자유와 차별을 강조하며 독
자의 동정심을 강요하지 않는다. 오히려 해리엇과 함께 '내 안의
나'를 확인하는 과정에 동참하게 한다. 이때 독자가 느끼는 감정
은 일방적으로 불쌍하다거나 가엾다는 느낌을 넘어선다. 우리에
게 다른 방식의 이해와 공감이 필요한 게 아닐까 자문하게 하는
것이다. 그래서 책을 옮기는 내내 가슴이 먹먹하고 안타까웠는지
도 모르겠다.

해리엇에게는 무엇보다도 배려해 주고 사랑해 주는 가족이 있
다. 하지만 엄마의 임신과 입원으로 뜻하지 않은 상황에 맞닥뜨리
게 된다. 이야기는 이 지점에서 시작된다. 그리고 독자는 해리엇과
함께 엄마 없는 시간을 견뎌 내게 된다. 여느 사람들과 다름없이
느끼고 판단할 수 있는데, 보통 사람들과 다른 신체 조건으로 살
아가야 하는 어려움과 민망함. 용모에 한참 민감할 나이에 자신을
바라보며 일어나는 감정들. '장애인 당번'으로 의무적으로 자신
을 돌본다고 생각하던 반 친구 샬럿과의 거리감. 이 모든 것을 독
자는 해리엇과 함께 견뎌 내야 한다.

결정적으로 가슴 아프면서도 가장 공감을 이끌어 내는 감정은
자신과 같은 장애를 지닌 아기가 태어날지도 모른다는 두려움이
었다. 해리엇을 가장 잘 이해해 주던 오빠 제이크는 그 두려움을
떨치지 못하고 일탈하고 만다. 그리고 그런 제이크를 구한 것은

바로 어두운 밤 홀로 오빠를 찾아 나선 해리엇이다. 박자 감각이 남다른 해리엇이긴 하지만 장애를 넘어서는 계기가 그 특별한 재능이 아닌, 사람에 대한 진정성인 것이 이야기를 믿음직스럽게 했다. 또 하나 인상적인 설정은 해리엇의 장애를 받아들이지 못하던 할머니의 변화였다. 있는 그대로의 해리엇을 받아들이는 것, 그것이 변화의 핵심이다.

사실 극복이라는 단어는 대상을 이미 부정적인 것으로 전제한다. 장애는 없어져야 할 것, 사라져야 할 것, 넘어서야 할 것이 되고 마는 것이다. 그러나 장애는 의지의 문제가 아니라, 주어진 조건이다. 그냥 다르다는 것을 인정하고 받아들이면서 더불어 살아가면 된다. 그리고 함께 살아갈 수 있도록 조건을 만들어 가면 된다. 그렇게 믿는다.

"엄마는 그냥 걸을 수 있다는 게 얼마나 운이 좋은 건지 생각해 본 적이 있을까 궁금했다."

비장애인 독자로서 울컥했던 말을 공유한다.

소리 내어 말하지 않아도

초판 1쇄 발행 2021년 11월 25일
초판 2쇄 발행 2022년 5월 27일

글 케이트 다비셔 옮김 김경연
펴낸이 김명희 편집 이은희 책임편집 김연희 디자인 씨오디

펴낸곳 다봄 등록 2011년 6월 15일 제2021-000136호
주소 서울시 마포구 토정로 222 한국출판콘텐츠센터 305호
전화 02-446-0120 팩스 0303-0948-0120
전자우편 dabombook@hanmail.net 인스타그램 instagram.com/dabom_books

ISBN 979-11-85018-98-0 43840

＊ 책값은 뒤표지에 있습니다. ＊ 잘못 만든 책은 구입하신 곳에서 교환해 드립니다.